चाँदा का गोंड राज्य

वन्या

हमारी आवाज उसे रोकेगी
हमारे हाथ
थाम लेंगे पानी की दीवार
बहने न देंगे
हम अपनी फसलें
अपने घर
अपने स्वप्न
होगा-
ऐसा होगा!

पहले छाया सन्नाटा
फिर हंसा हरिया
फिर चिंहुकी बांसुरी
बजे ढोल
थिरके पैर
और होली के रंग
सारी घाटी में
छा गये।

सहमा हुआ चाँद
फिर मुस्कुराया
बोला : आऊंगा अगली बार भी,
और चाँदनी
कजली की आंखों में
मीठे-मीठे स्वप्न
एक बार फिर बुनने लगी!

(नर्मदा घाटी के गांव डोमखेड़ी की आखिरी होली सन् 2005 में, जो बाद में सरदार सरोवर बांध के बढ़ते विनाश क्रम में डूब गया)

□□□

चाँदा का गोंड राज्य

डॉ. सुरेश मिश्र

डॉ. प्रभाकर गद्रे

राजकमल प्रकाशन

ISBN : 978-81-267-1576-3

मूल्य : ₹495

पहला संस्करण : 2008
पहली आवृत्ति : 2023

प्रकाशक : राजकमल प्रकाशन प्रा.लि.
1-बी, नेताजी सुभाष मार्ग, दरियागंज
नई दिल्ली-110 002

शाखाएँ : अशोक राजपथ, साइंस कॉलेज के सामने, पटना-800 006
पहली मंजिल, दरबारी बिल्डिंग, महात्मा गांधी मार्ग, प्रयागराज-211 001

वेबसाइट : www.rajkamalprakashan.com
ई-मेल : info@rajkamalprakashan.com

मुद्रक : बी.के. ऑफसेट
नवीन शाहदरा, दिल्ली-110 032

CHANDA KA GOND RAJYA
by Dr. Suresh Mishra, Dr. Prabhakar Gadre

आमुख

भारत के हृदय में स्थित विन्ध्याचल और सतपुड़ा की उपत्यकाएँ सघन वनों और पर्वत श्रेणियों के कारण प्राचीनकाल से ही दुर्गम रही हैं और भारत के इतिहास में इस क्षेत्र का उपयुक्त ऐतिहासिक विवरण मुश्किल से मिलता है। यह दुर्गम क्षेत्र प्राचीन और मध्ययुग में उत्तर और दक्षिण के मध्य एक दीवार के रूप में रहा और उसकी भौगोलिक स्थिति के कारण इस पर उत्तर और दक्षिण की राजनीति का कम ही प्रभाव पड़ा। यदि कभी यहाँ उत्तर और दक्षिण के साम्राज्यों का आधिपत्य रहा भी तो वह अधिक प्रभावशील नहीं रहा।

प्राचीनकाल में यहाँ मौर्यों, सातवाहनों, वाकाटकों, राष्ट्रकूटों, यादवों का आधिपत्य रहा। एक लम्बे अन्तराल के बाद खलजी और तुगलकों ने यादव सत्ता की चूलें हिला दीं। इसके बाद इस क्षेत्र में क़रीब दो सदियों तक कोई प्रबल सत्ता नहीं रही। दो सदियों के इस अन्धकार युग के बाद गढ़ा-मंडला राज्य की स्थापना हुई और इसी दौरान चाँदा राज्य का उदय हुआ। यह राज्य लगभग पाँच सौ वर्षों तक विद्यमान रहा, यह स्वयं में एक महत्त्वपूर्ण ऐतिहासिक घटना है। चाँदा के गोंड राज्य का सुव्यवस्थित विवरण सर्वप्रथम ल्युसी स्मिथ ने 1869 की सेटलमेंट रिपोर्ट में लिखा। वही विवरण संशोधित रूप में 1909 में चाँदा के गजेटियर में ए. इ. नेल्सन ने सम्पादित किया। अ. ज. राजुरकर ने अप्रकाशित अभिलेख तथा स्थानीय जानकारी के आधार पर उस विवरण को आगे बढ़ाया। यही परम्परा आगे बढ़ाते हुए इस पुस्तक में मुगल दरबार के अखबारात और औरंगाबादकर कृत 'दर्याफ्ती चन्द्रपुर' का तथा शाहु दफ़्तर के अप्रकाशित अभिलेखों का उपयोग किया गया है।

इस कृति में चाँदा राज्य के उत्थान और पतन का वर्णन करने हेतु नवीनतम सामग्री का उपयोग किया गया है। इस सामग्री में समकालीन और लगभग समकालीन फ़ारसी अखबारात और मराठी पत्रों का स्थान महत्त्वपूर्ण है। नागपुर स्थित ब्रिटिश रेसिडेंट रिचर्ड जेन्किन्स के सहायक विनायकराव औरंगाबादकर ने अपने आश्रयदाता जेन्किन्स के साथ चाँदा राज्य के इलाक़े का दौरा किया और लोगों से बीसियों प्रश्न पूछकर लुप्त होती परम्परा को अभिलेखों में भविष्य के लिए सुरक्षित कर दिया। इतना होने पर भी अकबर के पूर्ववर्ती राजाओं के विषय में अधिक जानकारी एकत्रित नहीं हो पाई है।

इस कृति की विशेषता यह भी है कि चाँदा के गोंड राज्य की वंशावली तथा जल-आपूर्ति व्यवस्था पर इसमें विशेष चर्चा की गई है, जो विभिन्न दृष्टिकोणों से इन विषयों पर प्रकाश डालने का प्रयास करती है।

चूँकि मूल फ़ारसी, मराठी स्रोतों में तथा सनदों में इसे चाँदा राज्य कहा गया है, अतः इस कृति में इसे चाँदा राज्य ही कहा गया है।

हम इस कृति की पूर्णता का दावा तो नहीं करते पर यदि यह कृति चाँदा के गोंड शासकों के इतिहास के जिज्ञासुओं को थोड़ी भी उपयोगी लगती है तो हम अपना परिश्रम सफल मानेंगे।

डॉ. सुरेश मिश्र

डॉ. प्रभाकर गद्रे

संक्षिप्त नाम

अति. अख.	अतिरिक्त अखबार-ए-दरबार-ए-मुअल्ला [जयपुर]
अख.	अखबार-ए-दरबार-ए-मुअल्ला [आलमगीर]
	अखबार-ए-दरबार-ए-मुअल्ला [बहादुरशाह]
	अखबार-ए-दरबार-ए-मुअल्ला [फर्रूखसियर]
आइन.	आइन-ए-अकबरी [ब्लाकमैन,]
ऐति. पत्र.	सरदेसाई गो. स. इ. [सं] ऐतिहासिक पत्रे यादी
औरंग. चन्द्र.	विनायकराव औरंगाबादकर कृत दर्यापती कैफ़ियत चन्द्रपूर
काज्विनी	बादशाहनामा
ग्रियर्सन	ग्रियर्सन, सेंसस ऑफ़ इंडिया
गुप्ते बखर	काले या. मा. [सं] काशिनाथ राजेश्वर गुप्ते कृत नागपुरकर भोंसल्याँची बखर
जेन्किन्स	जेन्किन्स रिचर्ड्स, रिपोर्ट आन द टेरिटोरीज ऑफ़ राजा ऑफ़ नागपुर
एन. आर. आर.	सिन्हा, एच. एन. [सं] नागपुर रेसिडेंसी रिकार्ड
राजुरकर	राजुरकर, अ. ज. चन्द्रपुर चा इतिहास
राज.	राजवाड्टे, वि. का. [सं] मराठयाँच्या इतिहासची साधने
लाहौरी	बादशाहनामा
बेग्बी	गजेटियर ऑफ़ चाँदा, 1909
पेशवा दफ़्तर	सरदेसाई, गो. स. [सं.] पेशवा दफ्तरातील निवडलेले कागदपत्र
शा. द.	शाहु दफ्तर, पुणे अभिलेखागार, पुणे

अनुक्रमणिका

8. राजा नीलकंठ शाह की समाधि, बल्लालपुर
9. राजा खांडक्या बल्लालशाह की समाधि, बल्लालपुर
10. माणिकगढ़ किले का प्रवेशद्वार, जिला चन्द्रपुर
11. गोंड राजचिह्न
12. अचलेश्वर मन्दिर, चन्द्रपुर
13. महाकाली मन्दिर, चन्द्रपुर
14. मुरलीधर का मन्दिर, कोतवाल वाड़ी, चन्द्रपुर
15. राजा बीरशाह की समाधि हडवाड़ा, चन्द्रपुर
16. रानी हिराई की समाधि, हडवाडा, चन्द्रपुर
17. राजा रामशाह की समाधि, हडवाडा, चन्द्रपुर
18. विठोबा खिड़की, चन्द्रपुर

1

चाँदा राज्य का उदय

चाँदा की भौगोलिक स्थिति

आगरा से खानदेश बरार जानेवाला मार्ग गोंडों के प्रदेश, गोंडवाना से होकर जाता था, जो भोपाल से संबलपुर तक तथा उत्तर में बुन्देलखंड से दक्षिण में गोदावरी तक सतपुड़ा पहाड़ियों के दोनों ओर फैला हुआ था। इस क्षेत्र के उत्तरी भाग में गोंड राजाओं ने गढ़ा राज्य की स्थापना की। अकबर के सरदारों ने उस राज्य का विखंडन किया और राजधानी गढ़ा और चौरागढ़ को लूटा। गढ़ा के उत्तरकालीन राजाओं ने मुगलों की अधीनता स्वीकार कर मंडला तथा चौरागढ़ से राज्य किया। राजमहल के षड्यन्त्रों और सामन्तों के विद्रोह के कारण इस राज्य की सत्ता तीव्र गति से घटने लगी।[1]

नागपुर से 135 किलोमीटर दक्षिण में देवगढ़ के प्रतिस्पर्धी चाँदा का राज्य था। दीर्घकाल तक यह राज्य स्वतन्त्र बना रहा और मुगलों के अधीन होने पर भी अपनी भूमि और धर्म की रक्षा कर सका। यह राज्य हीरों की खदानों तथा वन्य हाथियों के लिए प्रसिद्ध था।[2] इस राज्य में साढ़े बावन परगने थे जो राज्य की सत्ता के उतार-चढ़ाव के साथ घटते-बढ़ते रहे।[3] बैरागढ़ वस्त्रों की छपाई के लिए प्रसिद्ध था।[4]

बैनगंगा नदी इस राज्य को उत्तर से दक्षिण आते हुए विभाजित करती थी और वायव्य दिशा से आने वाली पैनगंगा नदी उससे मिलकर प्राणहिता के नाम से गंगा गोदावरी में विलीन होती है।

चाँदा में वर्षा का अनुपात अधिक है। वन और वन्य प्राणियों की संख्या भी यहाँ बहुत है। अतः कृषि का विस्तार सभी शासकों का मुख्य मकसद रहा, जिससे राज्य की आय भी बढ़ती रहती थी और उपद्रवी तत्व व्यस्त रहते थे। कृषि और

वन उपजों के साथ यह राज्य प्राचीन और मध्ययुगीन अवशेषों के लिए प्रसिद्ध है। भान्दक के बौद्ध पुरावशेष और मार्कंडा के मध्ययुगीन मन्दिर भारत के किसी भी समकालीन अवशेषों के समकक्ष हो सकते हैं। अतः यादवों के राज्य का अन्त होने तक किसी भी दृष्टिकोण से इस राज्य को पिछड़ा कहना उचित नहीं होगा। इसी समृद्ध परम्परा को चाँदा के गोंड राजाओं ने अपने मर्यादित साधनों तथा मुगल और मराठों के आक्रमणों से उत्पन्न विपरीत स्थितियों में आगे बढ़ाने का प्रयास किया।

राज्य की प्राचीनता

चाँदा राज्य के शासकों की जो सूचियाँ उपलब्ध हैं उनमें चाँदा राज्य को अत्यन्त प्राचीन बताया गया है। इसमें सर्वाधिक प्राचीन सूची विनायक राव औरंगाबादकर द्वारा दी गई सूची है। इसमें खरजा बल्लालशाह से लेकर अन्तिम शासक रामशाह तक 1525 वर्ष काल दिया गया है और 19 शासकों को गिनाया गया है। इसमें प्रथम चार की उपाधि 'शाह' होते हुए भी उन्हें जमींदार कहा गया है। सभी जमींदार या राजाओं के नाम के साथ उनका राज्य काल दिया गया है और उनके शासन के वर्षों का कुल योग 660 वर्ष बताया गया है। पहली नज़र में ही यह गलत प्रतीत होता है, अर्थात् राज्य काल तथा उम्र में भारी गड़बड़ी हुई है।[5]

दूसरी सूची ल्युसी स्मिथ ने दी है जो उसे चाँदा के सीताराम शास्त्री कंचन पल्लीवार से प्राप्त हुई। इस सूची में भीम बल्लाल सिंह से लेकर अन्तिम शासक नीलकंठशाह तक के नाम और उनके राज्य काल की अवधि दी गई है। संस्थापक भीम बल्लाल के राज्यारोहण की तिथि 870 ईस्वी दी गई है।[6]

तीसरी सूची नीलकंठराव ढुमे के अप्रकाशित 'वणी का इतिहास' में है। इसमें ल्युसी स्मिथ की ही सूची 852 वर्ष के राज्य काल के साथ दी गई है। इसमें राज्य संस्थापक भीम बल्लालशाह का राज्य काल 890 से 915 ईस्वी बताया गया है।[7]

चौथी सूची वह है जो चाँदा के काजी द्वारा विनायकराव औरंगाबादकर को प्रस्तुत की गई थी। इस सूची में मात्र अनुक्रम से नाम दिए गए हैं जिनसे काल निर्धारण में मदद नहीं मिलती। इसमें चाँदा के राजाओं के तेरह नाम दिए गए हैं।[8]

राजाओं की उपर्युक्त सूचियाँ लगभग एक सी हैं। यद्यपि अनुक्रम में अधिक अन्तर नहीं है पर शासनकाल की अवधि में बहुत भेद है। इसमें सबसे प्राचीन विनायकराव की सूची है। शेष सभी बाद की हैं। बहुत सम्भव है कि इन सूचियों के पीछे कोई मूल वंशावली हो, जिसकी विविध प्रतिलिपियाँ किन्हीं कारणों से बनाई गई हों।

चाँदा के प्रथम इतिहासकार अ. ज. राजुरकर इन लम्बी सूचियों की प्रामाणिकता पर सन्देह प्रगट करते हैं। अतः उन्होंने अन्य स्रोतों के आधार पर 10 शासकों की अलग सूची बनाई है।[9]

राजाओं की सूचियों में शरजा या शाह जैसे फ़ारसी शब्दों का प्रयोग किया गया है, जो फ़ारसी भाषी शासकों के सम्पर्क से ही सम्भव है। शाह पदवी का प्रयोग पहली बार तेरहवीं सदी में हुआ तो फिर कैसे सम्भव है कि भारत के भीतरी भाग के वन्य प्रदेश में यह शब्द नौवीं सदी में प्रयुक्त हुआ होगा? स्पष्ट है कि यह कल्पना निराधार है कि चाँदा का राजवंश बहुत प्राचीन था।

ऊपर की शंकाओं को हम छोड़ दें तो भी यह नहीं माना जा सकता कि चाँदा का राज्य ईसा की नौवीं सदी में या इसके पूर्व स्थापित हुआ होगा और बाबाजी बल्लाल के पूर्व 13 राजाओं ने राज्य किया होगा। यदि हम चाँदा के विगत इतिहास का परीक्षण करें तो ज्ञात होता है कि इस इतिहास में गोंड शासकों का कहीं नामोनिशान नहीं था। वास्तव में यादवों के पतन तक अर्थात् तेरहवीं सदी के प्रारम्भ तक चाँदा में या उसके आसपास गोंड सत्ता के अस्तित्व का प्रश्न ही नहीं उठता। देवगिरि के राजा सिंघनदेव यादव (1209-47 ई.) ने चाँदा के राजा भोजदेव पर विजय प्राप्त की थी। 1310 में रामचन्द्र यादव द्वारा वज्रागढ़ के राजा का समूल उच्छेद करने की सूचना उपलब्ध है। अर्थात् इस काल में चाँदा में गोंड राज्य का अस्तित्व असम्भव है।

वस्तुतः इस क्षेत्र में गोंड सत्ता को पनपने का अवसर यादव शासन की समाप्ति के पश्चात ही मिला। जहाँ तक सूची के पहले नामों का अर्थात् भीम बल्लाल के पहले के नामों का प्रश्न है, वे अधिकांशतः काल्पनिक हैं। यह हो सकता है कि इनमें से कुछ व्यक्ति विद्यमान रहे हों। आगे की चर्चा के आधार पर निकाली गई भीम बल्लाल के राज्यारोहण की तिथि 1247 ई. के प्रकाश में ये व्यक्ति चौदहवीं सदी के उत्तरार्ध में रहे होंगे। परन्तु वे राजा के रूप में नहीं अपितु सामन्तों, जागीरदारों या जमींदारों के रूप में रहे होंगे। शेष नाम चाँदा के गोंड राजवंश को प्राचीनता देने के लिए ब्राह्मणों ने जानबूझकर जोड़ दिए। गोंडों

की स्वतन्त्र राजसत्ता का जहाँ तक प्रश्न है वह भीम बल्लाल और खर्जा बल्लाल के पहले किसी भी दशा में नहीं मानी जा सकती। यहाँ यह देखना समीचीन होगा कि यादवों के पतन के पश्चात दो सदियों में इस क्षेत्र में कैसी राजनीतिक अस्थिरता रही, जिसने चाँदा के राज्य के उदय का मार्ग प्रशस्त किया।

अस्थिरता का काल

अन्तिम यादव सम्राट रामदेवराय के समय खलजी आक्रमण से यादव राज्य तिलमिला गया और उसने खलजी सुल्तान से सन्धि कर ली। 1296 में देवगिरि में रामदेवराय और उसके पुत्र शंकरदेव को पराजित करने पर अलाउद्दीन को सल्तनत प्राप्त करने के लिए प्रबल मित्रों की आवश्यकता थी। यह आवश्यकता रामदेवराव ने पूरी की। इससे अलाउद्दीन की आर्थिक आवश्यकता भी पूरी हो गई। जब अलाउद्दीन दिल्ली का सुल्तान बना तब भी रामदेव उसे कर देता रहा। 1305-1306 में देवगिरि राज्य ने दिल्ली सल्तनत को कर देना बन्द किया, किन्तु अलाउद्दीन के सेनापति काफूर ने फिर से देवगिरि को पराजित किया और उससे कर वसूल किया।[10]

देवगिरि राज्य की डगमगाती सत्ता देखकर वज्रागढ़ के राजा ने विद्रोह कर दिया और स्वतन्त्र हो गया। उसे कुचलना देवगिरि के यादवों के बस की बात नहीं थी अतः यादव उचित अवसर की प्रतीक्षा करने लगे। यह अवसर उन्हें 1309-1310 में तब मिला जब अलाउद्दीन ने 1309 में मलिक काफूर पर वारंगल पर आक्रमण करने की जिम्मेदारी सौंपी। मलिक काफूर 1309 में दिसम्बर के प्रथम सप्ताह में चाँदा पहुँचा। दक्षिण जाते हुए नीलकंठ में रामदेवराय की सेना उसे मिली। वे 16 दिन की वन्य प्रदेश की यात्रा करने के बाद सिरपुर पहुँचा। मलिक काफूर ने पूरे शहर को लूट लिया, निवासियों का कत्ल-ए-आम किया और दुर्ग में आग लगा दी। रामदेवराय की सेना के मार्गदर्शन से खलजी सेना हनमनकोंडा पहुँची, जहाँ से वारंगल दिखाई देता था। वारंगल के राजा को पराजित कर मलिक काफूर देवगिरि-धार-झाँई के रास्ते दिल्ली गया।[11]

खलजी सल्तनत को अपना मित्र प्रदर्शित करके यादवों ने चाँदा क्षेत्र के सामन्तों को डरा दिया तथा बैरागढ़ के राजा का तो मूलोच्छेद कर दिया।[12] इस कारण बैरागढ़ के राजा की सत्ता घट गई।

किन्तु यह क्षेत्र अधिक समय तक यादवों के अधीन नहीं रहा क्योंकि स्वयं यादव सत्ता लड़खड़ा रही थी। खलजियों के बाद तुगलक सत्ता दक्खन के इस कोने में नहीं पहुँच सकी। वस्तुतः 1310 के उपरान्त चाँदा क्षेत्र पर अन्धकार का जो परदा गिरता है, वह तब तक नहीं उठता जब तक अबुल फ़ज़्ल 1597 में बाबाजी बल्लाल का उल्लेख नहीं करता।[13] बाबाजी के समकालीन ऐतिहासिक प्रमाणों को आधार मानकर बाबाजी का जो समय हमने तय किया है, उसके अनुसार आद्य बल्लाल सिंह का अस्तित्व 1350 के पूर्व था।[14] दूसरे शब्दों में यह कहा जा सकता है कि 1310 से 1350 तक के काल का इस क्षेत्र का इतिहास अज्ञात है। इस काल में इस सारे क्षेत्र पर कोई दृढ़ शक्ति स्थिर नहीं रही। ऐसी स्थिति में छोटी स्थानीय शक्तियों को पनपने का पूरा अवसर मिला। अनुमान है कि सौ वर्षों से भी अधिक के इस अन्तराल में चाँदा क्षेत्र में कोई प्रबल शक्ति चाहे न रही हो, पर वहाँ छोटे-मोटे सामन्तों, जागीरदारों या स्थानीय रियासतों का अस्तित्व था। अस्थिरता के इस युग में गोंडों को पनपने का अवसर मिला। कुछ लेखकों का यह अनुमान ऐतिहासिक प्रमाणों पर आधारित नहीं कि कलचुरियों को गोंडों ने अपदस्थ किया और उनके हाथ से सत्ता हथिया ली।[15] इसके कोई पुष्ट प्रमाण उपलब्ध नहीं हैं। हाँ, यह अवश्य कहा जा सकता है कि कलचुरियों के पतन से चाँदा के गोंड राज्य के उदय में सहायता मिली।[16] किन्तु यही बात यादवों के विषय में भी कही जा सकती है। अब यह निश्चय करने में कठिनाई नहीं है कि इस अन्तराल में ही राजगोंड शक्ति विकसित हुई।

चाँदा राज्य का संस्थापक

चाँदा राज्य के इतिहास की विशेषता यह थी कि यहाँ के राजवंश के विषय में कोई अनुश्रुति नहीं है, किन्तु यह कमी नगर स्थापना से सम्बन्धित अनुश्रुतियों ने पूरी की है। एक अनुश्रुति के अनुसार खांडक्या बल्लाल ने शिकार करते हुए प्यास के कारण एक स्थान पर गड्ढे में संग्रहित दूध पिया जिससे वह स्वस्थ हो गया। अतः उसने वहाँ अचलेश्वर मन्दिर की स्थापना की।[17] दूसरी कथा एक जगह खरगोश द्वारा कुत्ते का पीछा किए जाने की है। उसी जगह चाँदा की स्थापना की गई।[18] सौभाग्य से किसी भी वंशावली में चन्द्र-सूर्य या नागवंशी होने का दावा नहीं किया गया किन्तु बादशाह की बेगम, शहजादी या उसकी कृपा के विषय में कथाओं की कमी नहीं।[19]

फिर भी चाँदा राज्य के शासकों की विभिन्न सूचियों की प्रामाणिकता पर सन्देह करते हुए हम पहले ही निष्कर्ष निकाल चुके हैं कि चाँदा में गोंड शक्ति की स्थापना तेरहवीं सदी के पूर्वार्द्ध में हुई। ऐसी स्थिति में इस वंश के राज्यारोहण की सभी तिथियों को अमान्य करते हुए हम उनका फिर से निर्धारण कर सकते हैं।

चाँदा के शासक कौन थे?

चाँदा राज्य का संस्थापक प्रथम भीमसिंह किस वंश का था इसके सम्बन्ध में कोई सुस्पष्ट तत्कालीन ऐतिहासिक प्रमाण हमारे पास उपलब्ध नहीं है। आद्य भीमसिंह के पूर्वजों के विषय में कोई अनुश्रुति नहीं है। किसी ने भी अपने मूल के बारे में चन्द्र-सूर्य तो क्या राजपूत वंश तक का दावा नहीं किया।

अनुश्रुतियों से हटकर अब हम उन ऐतिहासिक साक्ष्यों की ओर आते हैं जो हमें चाँदा के शासकों के वंश के बारे में कुछ संकेत देते हैं। इस सन्दर्भ में महत्त्वपूर्ण ऐतिहासिक तथ्य हमारे सन्मुख यह है कि चाँदा के शासक पूर्व में बल्लालपुर और उसके पूर्व चन्दनखेड़ जुनोना में रहते थे। इससे गोंड शासकों के आव्रजन का मार्ग स्पष्ट दिखता है। यह सम्भव है कि वे काकतीय वंश के अधीन होकर उस राज्य के पतन के कारण उत्तर की ओर आगे बढ़े।

जहाँ तक स्थानीय परम्परा का प्रश्न है, वह चाँदा के शासकों को गोंड ही मानती है। वह शैव थे और हिन्दुओं के सभी सम्प्रदायों को सम्मान देते थे। तेलुगु ब्राह्मणों के प्रति और कोमटी साहूकारों के प्रति उनका झुकाव होना तेलुगु मूल की ओर संकेत करता है।

गोंड : प्रजाति और मूलस्थान

गोंड मूलतः किस प्रजाति के हैं इस सम्बन्ध में विद्वानों में किंचित मतभेद है। यदि रिजले[20] उन्हें द्राविड़ प्रजाति का मानते हैं तो मजूमदार[21] उन्हें द्राविड़ों के पहले का अर्थात् प्राक् द्राविड़ प्रजाति का मानते हैं। उधर हटन[22] और गुहा[23] का मत है कि गौंड प्रोटो आस्ट्रोलायड प्रजाति के हैं।

शारीरिक रचना का जहाँ तक प्रश्न है, गोंडों के बाल, चमड़ी और आँख की पुतली गाढ़े रंग की होती है। सिर मुख्यतः लम्बे होते हैं। इनकी शीर्ष देशना कम

होती है क्योंकि सिर बहुत संकरे होते हैं। मस्तक भी सँकरा होता है। चेहरा सामान्य रूप से सामने से चौड़ा दीखता है और ठोढ़ी सँकरी और नुकीली होती है। चेहरे में होंठ विशेष प्रकार के होते हैं। वे मोटे तथा सामने की ओर निकले होते हैं। नासिका की ऊँचाई तथा चौड़ाई के अनुपात के आधार पर गोंड चपटी नासिका के वर्ग में आते हैं। आँखों में ऊपरी पलक छुपी-सी रहती है। शरीर का जहाँ तक प्रश्न है, गोंडों की ऊँचाई मध्यम से निम्न तक होती है।[24] उनके पैर लम्बे होते हैं तथा धड़ अपेक्षाकृत छोटा। गोंड दुबले होने पर भी मजबूत होते हैं।

अब प्रश्न है कि भारत के मध्य भाग में गोंड कहाँ से आए। स्टीफेन हिस्लाप गोंडों को आंध्र प्रदेश के रहनेवाले खोंड लोगों के समकक्ष बताते हुए कहते हैं कि गोंड शब्द 'कोंड' का ही एक रूप है क्योंकि 'क' और 'ग' बदल सकते हैं। जैसे 'घोटुलघर' से 'कोटलघर'। कोंड से हिस्लाप का तात्पर्य गोंडों से ही है क्योंकि वे गोंड के लिए कोंड शब्द ही प्रयुक्त करते हैं। वे आगे कहते हैं कि भगवान के लिए 'पैन' शब्द का प्रयोग गोंड और खोंड दोनों करते हैं।[25] ग्रियर्सन का भी विचार है कि खोंड 'क' का सम्बन्ध गोंड 'कुई' से हो सकता है और इसी बात को आगे बढ़ाते हुए वे कहते हैं कि तेलुगु भाषी लोग खोंड को गोंड या कोंड भी कहते हैं।[26]

भाषा सम्बन्धी परीक्षण से भी मालूम पड़ता है कि गोंड और खोंड भाषाएँ क्रमशः तमिल और तेलुगु के अधिक निकट हैं।[27] इससे यह निष्कर्ष निकलता है कि गोंड तथा खोंड मूलतः एक ही क़बीले के रहे होंगे और बाद में अपना मूल स्थान छोड़कर उत्तर की ओर जाने पर उनके नाम तथा भाषाओं में भेद हो गया। इसमें सन्देह नहीं कि गोंड उसी परिवार की द्राविड़ी भाषा बोलते हैं जिस परिवार की तमिल तथा कन्नड़ और तेलुगु हैं।[28] इससे प्रकट होता है कि गोंड पहले तमिल, कन्नड़ भाषियों के पड़ोस में रहते थे। इरावती कर्वे का भी कथन है कि कन्नड़ियों तथा गोंडों की लोक-कथाओं में जो समानता है, उसमें कन्नड़ियों से उनका सम्पर्क सिद्ध होता है।[29] उधर स्टीफेन फुश के अनुसार ओराँव तथा गोंडों की परम्परा तथा सांस्कृतिक तत्वों में पर्याप्त समानता है।[30]

उपर्युक्त विवरणों से यह निष्कर्ष निकलता है कि गोंड मूलतः दक्षिण भारत के ही निवासी थे। इस निष्कर्ष को गोंडों के इतिहास तथा परम्परा से भी समर्थन मिलता है। हम कह चुके हैं कि गोंडों के गोदावरी नदी के तट से उत्तर आने की सशक्त परम्परा गोंडों में विद्यमान है। वंशावलियों का भी यही संकेत है। फिर

चाँदा के शासकों का तेलुगु लोगों की ओर झुकाव उनके तत्कालीन सम्पर्क को प्रकट करता है।

रसेल तथा हीरालाल तो दक्षिण से उत्तर को हुए गोंडों के प्रवास का मार्ग तक बताते हैं। उनके अनुसार वे गोदावरी नदी से चाँदा, इन्द्रावती, छत्तीसगढ़ तथा बैनगंगा से होकर सतपुड़ा क्षेत्र में आए। तेलुगु लोगों से उनका सम्पर्क होने पर उन्होंने इन्हें गोंड नाम दिया होगा और यह नाम वे अपने साथ ले आए।[31]

इन सारे मतों के विरुद्ध हेमेंडार्फ एक नई बात कहते हैं। वे ग्रियर्सन की यह बात नहीं मानते कि गोंडी द्राविड़ी भाषा है। वे कहते हैं कि गोंडों की कोई आदिम भाषा थी, उसे छोड़कर उन्होंने अपने पड़ोसियों की या शासक वर्ग की द्राविड़ी भाषा अपना ली।[32] वे यह कहना चाहते हैं कि गोंडों की भाषा द्राविड़ परिवार की है। इसका अर्थ यह नहीं होगा कि वे दक्षिण से आए, जैसा कि रसेल कहते हैं। बल्कि उनकी भाषा इसलिए द्राविड़ी है कि आदि क़बीलों की कुछ श्रेष्ठ द्राविड़ जातियों ने उन पर आक्रमण किया होगा तथा आदिम जातियों में अपनी भाषा का प्रचार किया होगा। द्राविड़ी भाषा अपनाने के पहले गोंडों की भाषा क्या थी, यह बताने में वे अपनी असमर्थता प्रकट करते हैं।[33] हेमेंडार्फ ने किस आधार पर ये निष्कर्ष निकाले हैं, यह उन्होंने स्पष्ट नहीं किया है। लेकिन यह निष्कर्ष इतने काल्पनिक हैं कि उन पर विश्वास नहीं किया जा सकता।

गोंड : राजगोंड

चाँदा के शासकों को राजगोंड भी कहा जाता है।[34] किन्तु राजगोंड वस्तुतः गोंडों की ही एक कुलीन शाखा है। गोंडों की जातियों या वर्गों का जो वर्गीकरण किया गया है उससे यह स्पष्ट है। रेव्हरंड स्टीफेन हिस्लाप[35] इनके साढ़े बारह भेद बताते हैं। राजगोंड, रघुवाल, ददवे, कटुल्हा संभवतः खटुलहा, पाडाल ओझवाल, घोन्याल, कोहला, भुटाल, कोईकपाल, कोलाम, माटयाल और पाडाल। स्टीफेन फुश[36] इन्हें चार भागों में विभाजित करते हैं–देवगोंड, सूर्यवंशी, राजगोंड, देवगढ़िया गोंड और रावणवंशी गोंड। जेन्किन्स[37] भौगोलिक आधार पर इनका वर्गीकरण करते हैं, जैसे मंडला के आसपास के मंडलहा गोंड, खटोला सागर-दमोह के खटुलहा गोंड, चाँदा के झरिया गोंड और देवगढ़ के देवगढ़िया गोंड। इंपीरियल गजेटियर[38] में इन्हें दो शाखाओं में विभाजित किया गया है–राजगोंड अर्थात् कुलीनवर्ग और धुर गोंड[39] अर्थात् सर्वसाधारण गोंड।

जहाँ तक उनके वर्गीकरण की वर्तमान स्थिति का प्रश्न है, आज भी गोंडों के वर्गीकरण के सम्बन्ध में जितने मुँह उतनी बातें हैं। सामान्यतः कोई सर्वमान्य वर्गीकरण न होकर हर स्थान पर अलग-अलग प्रकार की शाखाएँ-प्रतिशाखाएँ हैं। वास्तव में गोंडों के वर्गीकरण और उनके स्वरूप के बारे में कोई स्पष्ट चित्र लोगों के सामने नहीं है।[40]

वर्गीकरण में चाहे कितने भेद हों, इस बात पर सब एक मत हैं कि राजगोंड गोंडों की ही एक शाखा होने के साथ ही अन्य शाखाओं की अपेक्षा कुलीन और श्रेष्ठ है। रसेल[41] स्पष्टतः गोंडों में दो कुलीन शाखाएँ बताते हैं–राजगोंड और खटुलहा। हस्लाप[42] भी गोंडों की साढ़े बारह शाखाओं की पहली चार शाखाओं को–राजगोंड, रघुवाल ददवे और कटुल्या को कुईतुर[43] अर्थात् श्रेष्ठ गोंड बताते हैं। गुस्ताव ओपर्ट भी कहते हैं कि 'कुईतर' की पदवी चार वर्ग के गोंडों पर लागू होती हैराजगोंड, पाडाल और धोली और कभी-कभी कोलाम और मारिया पर भी।[44]

अब प्रश्न यह है कि राजगोंड अन्य गोंडों से भिन्न और श्रेष्ठ क्यों समझे जाते हैं तथा उनका मूल क्या है? इस सम्बन्ध में पहला मत यह है कि राजगोंड राजपूतों और गोंडों के मध्य हुए विवाह सम्बन्धों से उत्पन्न हुए। इस मत के प्रबल पोषक फोरसीथ हैं।[45] कुछ अन्य विद्वानों ने[46] भी ऐसा ही मत प्रकट किया है। दूसरा मत इससे भिन्न है। उसके अनुसार राजगोंड मूलतः गोंड ही हैं किन्तु कुछ ऐतिहासिक या सामाजिक कारणों से वे राजगोंड कहलाए। इन ऐतिहासिक या सामाजिक कारणों को ल्यूसी स्मिथ[47] स्पष्ट करते हुए कहते हैं कि यह तो गोंडों के शासक वंशों के लिए 'राज' उपसर्ग का प्रयोग किया जाता था या फिर यह उपसर्ग उन प्रमुख गोंड क़बीलों के लिए प्रयुक्त हो सकता है, जिन्होंने प्राचीनकाल में आदिम जातियों से ये प्रदेश जीते हों। हेमेंडार्फ[48] लूसी स्मिथ के दूसरे सुझाव से सहमति प्रकट करते हैं। हिस्लाप के अनुसार शाही सत्ता प्राप्त करने के कारण उस वंश को राजगोंड कहा जाने लगा।[49]

उपर्युक्त दो तर्कों के अतिरिक्त ग्रियर्सन[50] का एक तीसरा तर्क है जो सामाजिक से अधिक ऐतिहासिक पृष्ठभूमि लिए है। उनका कहना है कि भारत के आदिम क़बीलों में प्रचलित प्रवृत्ति के परिणामस्वरूप कालान्तर में जो गोंड अपने पड़ोसी हिन्दुओं के समाज का अंग बनने के लिए क्रमशः हिन्दू आचार-विचार मानने लगे, वे राजगोंड कहे जाने लगे।

समग्र स्थिति का विश्लेषण करने से अनुमान होता है कि गोंडों की जिस शाखा ने अपने बाहुबल या चातुर्य से शासन शक्ति प्राप्त कर ली, उस शाखा ने

सर्वसाधारण से भिन्न बताने के लिए स्वयं को राजगोंड कहना प्रारम्भ किया। कालान्तर में जब श्रेष्ठतर हिन्दू संस्कृति से इनका सम्पर्क होने लगा तो ये उससे आकर्षित हुए बिना न रहे। राजकार्य में इन्हें सवर्ण हिन्दुओं की अधिकाधिक सहायता लेनी पड़ी। ये शासक कुछ तो अपने अधिकारियों के प्रभाव में आकर और कुछ अपनी सामाजिक स्थिति को ऊँचा उठाने हेतु धीरे-धीरे हिन्दुओं के आचार-विचार अपनाने लगे। इसी क्रम में वे हिन्दू देवी-देवताओं की पूजा तथा हिन्दू धार्मिक क्रियाओं का भी पालन करने लगे।

क्षत्रिय शासकों की भाँति चाँदा के शासकों ने भी ब्राह्मणों को ज्योतिषी और पुरोहित के उच्च पदों पर रखा उन्हें दान दक्षिणा दी, अग्रहार दिए और पौराणिक हिन्दू कर्मकांड का पालन किया।[51] चाँदा के शासकों द्वारा दी गई सनदों का मराठों और अंग्रेज़ों ने भी सम्मान किया।[52] चाँदा के राजाओं ने तथा उनकी पत्नियों ने अनेक शैव, वैष्णव मन्दिरों की स्थापना की। इतना ही नहीं वीरशाह ने प्रणिता गंगा, गोदावरी, नदी के संगम पर यज्ञ भी किया।[53] सत्रहवीं सदी तक चाँदा के गोंड शासक क्षत्रिय माने जाने लगे, किन्तु जेन्किन्स के अतिरिक्त किसी ने उन्हें क्षत्रिय नहीं लिखा, फिर भी कुलीन ब्राह्मण उनका पौरोहित्य करते और दान दक्षिणा लेते थे।[54]

सिरपुर, बल्लालपुर और चाँदा

यह उल्लेखनीय है कि गोंडों का यह राज्य हमेशा चाँदा नाम से प्रसिद्ध रहा। सभी समकालीन फ़ारसी और मराठी स्रोत इसे चाँदा का राज्य कहते हैं। इसका कारण यह है कि चाँदा के शासक चाँदा आने पर ही उनका मुगल और मराठों से सम्पर्क हो सका अतः सभी आधारों में चाँदा नाम का ही उल्लेख आया है।[55] मात्र वंशावलियों में ही बल्लालपुर और सिरपुर का उल्लेख है। अतः इस कृति में हम राज्य को चाँदा का राज्य ही कहेंगे, क्योंकि इस राज्य के मूल दस्तावेज़ों में इसे चाँदा का राज्य ही कहा गया है।

सन्दर्भ

1. जदुनाथ सरकार, *हिस्ट्री ऑफ औरंगजेब,* खंड 5, पृ. 308-309
2. *आइन-ए-अकबरी,* बलाकमैन का अंग्रेज़ी अनुवाद, खंड 1, पृ. 477, 456

3. औरंग. चन्द्र. फो. 94 ब-95 अ
हवेली चाँदा, वरसागढ़, नेरी, गढ़चिरोली, नागभिड, भान्दक, माणिकदुर्ग उर्फ इस्लामगढ़, पाटणबोरी, उटणूर, तुरुक चाँदा, वडुर पेठ, कुटुर, रालेगाँव, पडनापुर, भिसी, अष्ट सातोड, गडबोरी, आमगाँव, बैरागढ़, सेगाँव, सिरपुर, वेला भादड़, सिरकुंडा, वेटा, वीरशा पेठ सुरजागड़, साँदगड़ी, ब्रहमपुरी, उमरेड, साढ़े सात पवनार, राजगढ़, परजागढ़, घाटकुर, प्रतापगढ़, वरूड़, भारडी, जुनगाँव कायेर, कवाल, किनवट, भोपाल पाटण, चेंदराल, काजी, चिमुर, पवनी।
4. *आइन-ए-अकबरी,* खंड 1, पृ. 477
5. औरंग. चन्द्र. फो. 96 ब-97 ब
6. अ. ज. राजुरकर, चन्द्रपुर का इतिहास, 1982, पृ. 108. रेव्ह. वुड्स के अनुसार चाँदा राजघराने के देवशाह बापू ने जानकारी दी। इंडियन हिस्टॉरिकल रिकार्ड कमीशन 1928 पृ. 47
7. राजुरकर, पृ. 104
8. औरंग. चन्द्र. फो. 96 ब
9. राजुरकर पृ. 111-113
10. के. एस. लाल, *खलजी वंश का इतिहास,* हिन्दी द्वितीय संस्करण, 1993, पृ. 182-185
11. वही, पृ. 185-190
12. राजुरकर , पृ. 90
13. *आइन-ए-अकबरी,* खंड 1, पृ. 477
14. आगे देखिए
15. सील, *हिस्ट्री ऑफ़ सी.पी. एंड बरार,* पृ. 33, चैटरटन, *स्टोरी ऑफ़ गोंडवाना,* पृ. 16, नटेश अय्यर, *हिस्टारिकल स्केच ऑफ़ सी.पी. एंड बरार फ्राम द अर्लीएस्ट टाइम्स,* पृ. 21-22
16. रसेल और हीरालाल, *ट्राइब्ज एंड कास्टस् ऑफ़ सेंट्रल प्रॉव्हिंस ऑफ़ बरार,* खंड 4, पृ. 451
17. औरंग. चन्द्र., फो. 102 अ-102 ब
18. वही, फो. 107 अ
19. वही,
20. एच. एच. रिजले, *द पीपुल ऑफ़ इंडिया* 1915, पृ. 32-36
21. डी.एन. मजूमदार, *रेसेज एंड कल्चर्स ऑफ़ इंडिया* 1958, पृ. 30 में उल्लेख
22. जे.एच. हटन, *सेन्सस ऑफ़ इंडिया* 1931, जिल्द एक भाग 1, पृ. 440
23. बी.एस. गुहा, *रैशियल एलीमेंटस् इन इंडियन पाप्युलेशन* 1944, पृ. 26
24. स्टीफेन फुश, *दि गोंड्स एंड भूमियाज ऑफ़ ईस्टर्न मंडला,* 1968, पृ. 16-18
25. एच. हिस्लाप, पेपर्स, पृ. 13-15
26. रसेल और हीरालाल, 1916, भाग तीन, पृ. 43
27. ग्रियर्सन, 1906 भाग चार, पृ. 485

28. रॉबर्ट कॉल्डवेल. *ए कम्पेरेटिव्ह ग्रामर ऑफ़ दी द्राविडियन एंड साउथ इंडियन फैमिली ऑफ़ लैंग्वेजेस* 1961, पृ. 626
29. *किनशिप ऑर्गनाइजेशन इन इंडिया,* 1953, पृ. 21, *महाराष्ट्र-लैंड एंड इट्स पीपुल,* पृ. 22
30. फुश, उपरोक्त पृ. 12
31. रसेल और हीरालाल, *ट्राईब्ज एंड कास्ट,* 1916, भाग तीन, पृ. 43
32. हेमेंडार्फ, *दि राजगोंड्स ऑफ़ आदिलाबाद,* 1948, भाग एक, पृ. 2
33. उपरोक्त, पृ. 3
34. परम्परा से वे ऐसे कहे जाते रहे हैं। विल्स की कृति के शीर्षक में भी ऐसा कहा गया है।
35. जेन्किन्स, खंड-1, पृ. 15 रिचर्ड टेंपल द्वारा सम्पादित हिस्लाप की पांडुलिपि, दि पेपर्स, पृ. 1
36. *द गोंड एंड भूमियाज ऑफ़ ईस्टर्न मंडला,* पृ. 195-96
37. जेन्किन्स रिपोर्ट पृ. 15
38. इंपीरियल गजेटियर, बारह, पृ. 323
39. 'धुर' धूल के अर्थ में है।
40. ठाकुर धोकल सिंह, प्रेसिडेंट अखिल भारतीय राजगोंड सभा भेसवाही, तहसील डिंढ़ोरी, जिला मंडला, म.प्र. ने मुंशी मंगलसिंह राजनेगी द्वारा 1929, में लिखित दो पुस्तकों 'गोंडी धर्म पुराण' और 'गोंडी धर्म विचार' हाल ही में प्रकाशित की हैं। इन पुस्तकों में गोंडों की चार शाखाएँ दी गई हैं—देवगोंड, सूर्यवंशी देवगोंड, देवगढ़िया गोंड और रावणवंशी गोंड और इन्हें क्रमशः ब्राह्मण, क्षत्रिय, वैश्य और शूद्र के समकक्ष माना गया है। पृ. 20, लेखक ने इस वर्गीकरण में हिन्दू धर्म से स्पष्टतः प्रेरणा ली है और उसने रावण वंशियों के विरुद्ध पर्याप्त विषवमन किया है। सबसे आश्चर्यजनक बात यह है कि लेखक ने कुछ कल्पित कथाएँ हिन्दू धार्मिक ग्रन्थों का अनुकरण कर शिव-पार्वती संवाद की शैली में जानबूझकर भूमिका रची है, गोंडी धर्म पुराण पृ. 3 में लेखक अपना मन्तव्य स्पष्ट करता है, जिसमें अपनी बात को प्रामाणिक बताने और रावणवंशियों को ओछा बताने के लिए रामायण के पात्रों को भी घसीट लिया गया है। कहने की आवश्यकता नहीं कि राजनेगी की पुस्तिका का महत्त्व व्यक्तिगत प्रचार से अधिक नहीं है।
41. रसेल एंड हीरालाल, *ट्राइब्ज एंड कास्ट्स,* जिल्द 3, पृ. 63
42. द पेपर्स रिलेटिंग टू द एबॉरिजनल ट्राइब्ज ऑफ़ द सेंट्रल प्रॉव्हिंसेस, पृ. 4
43. जहाँ तक 'कुईतूर' सम्बोधन का सम्बन्ध है, एन्साक्लोपीडिया ब्रिटेनिका, जिल्द 10, पृ. 514 और इंपीरियल गजेटियर, जिल्द 12, पृ. 322 के अनुसार समस्त गोंड स्वयं के लिए 'कुईतूर' सम्बोधन पसन्द करते हैं। हेमेंडार्फ दि राज गोंडस् ऑफ़ आदिलाबाद, जिल्द 10, पृ. 514 के अनुसार कुईतुर का अर्थ पर्वतीय प्रदेश का निवासी दिया गया है, जबकि जेन्किन्स पृ. 15 के अनुसार यह 'क्षत्रिय' का अपभ्रंश है।
44. *दि ओरिजिनल इनहेबिटेंट्स ऑफ़ इंडिया,* पृ. 147

45. रसेल एंड हीरालाल, *ट्राइब्ज एंड कास्टस ऑफ़ सेंट्रल प्राव्हिंसेस ऑफ़ इंडिया*, पृ. 63 में उल्लिखित सामूहिक अन्तर्जातीय विवाह से ही नई जाति निर्माण होना सम्भव है।

46. चेटरटन, *दि स्टोरी ऑफ़ गोंडवाना*, पृ. 6
चार्ल्स ग्रॉन्ट, सी. पी. गजेटियर, 1871, पृ. 110
रिचार्ड टेंपल, हिस्लाप पेपर्स...की भूमिका, पृष्ठ तीन, रसेल एंड हीरालाल, *ट्राईब्ज एंड कास्ट*, भाग 3, पृ. 63, *एन्साइक्लोपीडिया ब्रिटेनिका*, जिल्द 10, पृ. 514

47. लूसी स्मिथ, रिपोर्ट ऑन दि लैंड रेवेंयू सेटलमेंट ऑफ़ दि चाँदा डिस्ट्रिक्ट, सी.पी. 1869 पृ. 46

48. *दि राजगोंडस् ऑफ़ आदिलाबाद*, भाग 1, पृ. 5

49. हिस्लाप पेपर्स रिलेटिंग टू... पृ. 4

50. ग्रियर्सन, *दि मारिया गोंडस् ऑफ़ बस्तर*, पृ. 36, यह स्थिति आज भी विद्यमान है और ऐसे परिवार देखे जा सकते हैं जो हैं तो गोंड किन्तु शिशित या सम्पन्न होने के कारण स्वयं को गोंड कहने से कतराने लगे हैं और हिन्दू रीति-रिवाज अपनाकर अपने को राजगोंड कहकर गोंडों से भिन्न बताने लगे हैं। कहीं-कहीं तो स्वयं को राजपूत ही कहने लगे हैं।

51. औरंग. चन्द्र. फो. 101 अ-102 ब

52. एन. आर. आर. खंड 4, पृ. 142-147 ले. 77

53. औरंग. चन्द्र. फो. 95 ब, 103 अ

54. जेन्किन्स खंड 1, पृ. 15.

55 *आइन-ए-अकबरी*, खंड 1, पृ. 456, 477 अख. 1 अप्रैल 1693 इ.
इतिहास संग्रह पेशवा दफ़्तर, पृ. 14 ले. 20 *ऐतिहासिक पत्र-व्यवहार*, पृ. 9 ले. 611

2

चाँदा राज्य का उत्थान

गोंडों में जो साढ़े बारह जातियाँ हैं। उसमें धुकेलवडी और डोकर अस्पृश्य माने जाते हैं। बाकी नौ में से गोंड, राज गोंड, माड़िया गोंड और कुछ इने-गिने अनुपात में अन्य गोंड जातियाँ दक्षिण गोंडवाना में हैं। इन गोंडों में से जिन्होंने राज्य स्थापित किए, जमींदारियाँ प्राप्त की, मन्त्रिपद पाया वे स्वयं को राजगोंड कहलाने लगे। अधिकार और बाह्य प्रभावों के कारण उनके रीति-रिवाजों में काफी बदलाव हुआ। वे हिन्दू और मुस्लिमों के रीति-रिवाज स्वीकारने लगे। उदाहरणार्थ वे हिन्दू देवों को पूजने लगे। यज्ञ करने लगे। वैसे वे मुस्लिमों के समान कब्र बनाने लगे और वे शाह आदि फ़ारसी शब्द स्वीकारने लगे। इन राजगोंड लोगों में कोल नामक पराक्रमी पुरुष जुनगाँव-मोवाड़ शिरपुर-माणिकगढ़ क्षेत्र में उत्पन्न हुआ। उसने यादव और नागों की सत्ता समाप्त कर दी। उसने उधर-उधर फैले गोंडों को राजनीतिक दृष्टि से संघटित किया और नागों से माणिकगढ़ का प्रबल दुर्ग जीत लिया और गोंड राज्य का प्रारम्भ किया।[1]

राजा भीका अर्थात् भीम बल्लाल सिंह (1247-1272)

कोल के संघटन में प्रमुख व्यक्तियों में भीका अर्थात् भीम बल्लाल सिंह था। यह मोवाड़ के आत्राम घराने का था। कहा जाता है कि उसका जन्म बल्लालपुर के पास ढोकाडा ग्राम में हुआ था। वह वीर पराक्रमी और महत्त्वाकांक्षी था। उसे कोल ने सिरपुर की जागीर सौंपी, किन्तु यह जुनगाँव मोवाड़ में रहकर ही काम करता था। यही गोंड राजवंश का प्रथम पुरुष माना जाता है किन्तु उसकी स्थिति एक जमींदार से अधिक नहीं थी।[2]

खर्जा बल्लाल सिंह और हीर सिंह (1272-1322)

भीम बल्लाल सिंह के पश्चात उसका पुत्र खर्जा और प्रपोत्र हीर सिंह सिरपुर के उत्तराधिकारी बने। हीर सिंह राजनीति धुरन्धर और युद्ध कला में निपुण था। उसने अपने वनवासी जाति बन्धुओं को कृषि और बागवानी के लिए प्रोत्साहित किया। इससे गोंड समाज की आर्थिक स्थिति सम्पन्न हुई।[3]

आदिया बल्लाल सिंह (1322-1347)

हीर सिंह के पश्चात आदिया बल्लाल सिंह सिरपुर का शासक बना। यह अस्थिरता का काल था। यादवों का साम्राज्य डगमगा रहा था और खलजी साम्राज्य कुछ अभियानों तक सीमित था। तुगलक काल में जो अराजकता का सूत्रपात हुआ उसका लाभ उठाकर उसने सिरपुर के उत्तर 20 मील दूर वर्धा नदी के किनारे बल्लालपुर ग्राम बसाया। फिर उसने गाँव के पड़ोस में दुर्ग बनाया और उसे राजधानी बनाई। उसके राज्य विस्तार की योजना उत्तराभिमुख थी जिससे अनुमान लगाया जा सकता है कि उसे दक्षिण से दबाव होगा।[4]

तलवार सिंह (1347-1397)

आदिया बल्लाल सिंह के उपरान्त उसका पुत्र तलवार सिंह उत्तराधिकारी बना। इस समय तक दक्खिन में बहमनी राज्य का उदय हो चुका था। इस राज्य के पहले शासक अलाउद्दीन हसन बहमनशाह (1347-58) ने गुलबर्गा को अपनी राजधानी बनाया। आगे चलकर चाँदा राज्य को बहमनी राज्य के प्रतिघातों का एकाधिक बार सामना करना पड़ा। तलवार सिंह की वृत्ति चंचल होने से प्रजा त्रस्त हो गई। शायद इसी कारण से उसे पदच्युत करने का षड्यन्त्र भी रचा गया। वह चंचल तो था ही असावधान भी था। इसका लाभ उठाकर बहमनी सुल्तान अल्लाउद्दीन हसन खान ने 1350 में माहुर पर अभियान किया। बीदर और दौलताबाद मार्ग से वह भोकरधन आया। भोकरधन के राजा से तीन लाख रुपए की खंडणी अर्थात् कर लेकर वह माहुर तक आया। राजा तलवार सिंह ने पर्याप्त धन एकत्रित किया था। अतः उसने सुलतान को खंडणी से सन्तुष्ट किया। अतः सुलतान माहुर से लौट गया। भविष्य में खंडणी की नियमित वसूली के लिए सुलतान ने माहुर में सफदरखान नामक तहसीलदार

को नियुक्त किया। तलवार सिंह की मृत्यु पर प्रजा उसके उत्पीड़न से मुक्त हो गई।[5]

केसर सिंह (1372-1397)

तलवार सिंह के पश्चात उसका पुत्र केसर सिंह राज्यारूढ़ हुआ। उसने अन्दरूनी विद्रोहियों को शान्त किया और राज्य में पर्याप्त सुधार किए तथा राज्य की सीमाएँ भी बढ़ाईं और घोड़े, बैल आदि पशुधन के अतिरिक्त सोना, चाँदी, हीरे आदि सम्पत्ति भी उसने संग्रहित किए। केसर सिंह का राज्य पूर्व में कलम्ब माहुर तक फैला था। गोंड राज्य की सीमा बहमनी साम्राज्य से टकराने लगी अतः उनका संघर्ष अवश्यम्भावी था।[6]

दिनकर सिंह (1397-1422)

केसर सिंह के मृत्योपरान्त दिनकर सिंह सिंहासन पर आरूढ़ हुआ। अन्य जमींदारों की अपेक्षा प्रबल होने के कारण वह उनसे कर वसूल करने लगा। उसकी समृद्धि इतनी बढ़ी कि लोग उसके पास 'पारस' होने की बात करने लगे। उसने मराठी भाषियों को अधिकाधिक आश्रय दिया और राज्य के बाहर के गुणवान लोगों को आमन्त्रित किया। उसने कवि, भाट, चारण विद्वानों को आश्रय दिया और उनसे तत्व ज्ञान और धर्म का अध्ययन कराया। राज्य में शान्ति और सुव्यवस्था के कारण राज्य का खजाना धन से परिपूर्ण हो गया।[7]

दिनकर सिंह के समय चाँदा की समृद्धि के कारण बहमनी सुलतान उस पर आक्रमण करने का लोभ संवरण नहीं कर सका। बहमनी सुलतान फ़ीरोज़शाह (1397-1422) ने 1412 में माहुर पर अभियान किया। दिनकर शाह ने दुर्ग रक्षक को सावधान कर रखा था, इस कारण दुर्ग रक्षक ने दुर्ग के रक्षण का उत्तम बन्दोबस्त कर रखा था। माहुर का किला सीधी पथरीली चट्टान पर था और अगम्य था। उसके चारों ओर घना वन था। प्रदेश की दुर्गमता से अवगत होने पर सुलतान दिनकर सिंह से समझौता करने को राजी हो गया और राजा से खंडणी लेकर वह वापस हो गया। इस अभियान में बहमनी सुलतान को जो व्यय करना पड़ा उसकी तुलना में उसे शायद कम कर मिला होगा।[8] चाँदा के राजा ने बहमनी सुल्तान की अधीनता स्वीकार करके उसे वार्षिक कर देना स्वीकार किया। हम

आगे देखेंगे किस चाँदा के राजाओं ने कर देने में काफी अनियमितता बरती, जिसके कारण चाँदा पर बहमनी सुलतानों के एकाधिक आक्रमण हुए।

रामसिंह प्रथम (1422-1447)

दिनकर सिंह के पश्चात उसका पुत्र रामसिंह प्रथम राज्यारूढ़ हुआ। अपने पिता की नीति आगे चलाकर आसपास के जमींदारों से कर वसूल करने की जो नीति उसके पिता ने शुरू की थी उसे उसने जारी रखा। उसने अपने सैनिकों को वेतन के रूप में जमीन दी।[9]

अहमदशाह बहमनी के आक्रमण

फ़ीरोज़शाह के बाद उसका पराक्रमी भाई अहमदशाह सुलतान बना। 1422 में सुलतान बनने पर वह अपनी राजधानी गुलबर्गा से बीदर ले गया। 1426 में अहमदशाह ने अपने राज्य के पहाड़ी क्षेत्र की ओर कूच किया और रास्ते में मिले सभी लोगों को कत्ल किया और भागनेवाले लोगों का पीछा कर उन्हें मार डाला गया। उनके पूजा स्थल नष्ट कर उसके स्थान पर मस्जिदें खड़ी कीं। उसने अपना अभियान माहूर की ओर किया और पूरा परगना लूटकर उसे ध्वस्त कर दिया। किन्तु माहुर का जमींदार पूरे बन्दोबस्त से तैयारी में था इस कारण अहमदशाह को विशेष लाभ नहीं हुआ।[10]

अहमदशाह ने 1427 में दूसरी बार माहुर पर अभियान किया। उसने भारी सेना सहित आक्रमण कर माहुर के आसपास कत्लेआम किया और पूरा प्रदेश वीरान कर दिया। उसने काफी समय तक दुर्ग का घेरा किया, किन्तु रामसिंह के वीर सैनिकों ने सुलतान की सभी योजनाएँ विफल कर दीं। अन्ततः बरसात आने के कारण सुलतान ने राजधानी को वापस जाने का निश्चय किया। उसकी योजना सेना को विश्राम देकर अगले वर्ष अचानक आक्रमण करने की थी। पूरा वर्षाकाल उसने अपने सैनिकों की तैयारी में व्यय किया। 1428 में उसने माहुर की ओर तीसरी बार कूच किया। सुलतान के आगमन की खबर लगते ही माहुर के लोगों ने माहुर के दुर्ग में आश्रय लिया। सुलतान ने चारों ओर से दुर्ग पर आक्रमण किया। इस आक्रमण के आगे टिकना असम्भव जानकर माहुर के दुर्ग रक्षक ने सुलतान को खंडणी देना कबूल किया। उसने सुलतान की शरण जाकर प्राणों की

भीख माँगी। अपने परिजनों की प्राण रक्षा करना उसका उद्देश्य था। बार-बार पराजय से सुलतान सन्तप्त था। उसने प्राणों की भीख कबूल कर दुर्ग पर कब्जा प्राप्त किया किन्तु उसके बाद विश्वासघात कर दुर्ग रक्षक को मार डाला और उसकी पत्नी और बच्चों को इस्लाम की दीक्षा दी। उसने दुर्ग के रक्षकों को भी मार डाला और दुर्ग में लूटपाट की। यह विश्वासघात देखकर दुर्ग रक्षक उत्तेजित तो हुए किन्तु सुलतान के सैनिकों के आगे वे अधिक समय तक नहीं लड़ सके। सुलतान ने माहुर के दस हज़ार लोगों को कत्ल किया। इस भीषण कत्ल की स्मृति स्थानीय निवासियों ने कायम रखी है और एक दिन जय ठाकरी मानकर उस दिन हर घर में ज्वार का एक विशेष पकवान बनाकर खाया जाता है।[11]

माहुर पर विजय कर सुलतान ने उत्तर की ओर कलम्ब की ओर कूच किया और वहाँ भी सारे निवासियों को कत्ल कर उनके मन्दिर भ्रष्ट किए और उन स्थानों में मस्जिदें और दरगाहें बनाईं। उसने लम्ब की हीरों की खान पर भी अधिकार किया। बहमनी सुलतान ने अपने पुत्र महमूद खान को माहुर का सूबेदार नियुक्त किया और वह स्वयं इस अभियान की लूट का माल लेकर राजधानी लौट गया।[12]

सुर्जा बल्लाल सिंह–शेरशाह (1447-1472)

रामसिंह प्रथम के उपरान्त सुर्जा बल्लाल सिंह बल्लालपुर के गद्दी पर बैठा। वह दिखने में सुन्दर, साहसी, वीर और महत्त्वाकांक्षी था। उसके विषय में अनेक कथाएँ बताई जाती हैं। इन सब कथाओं में दिल्ली के सत्ताधारी की मान्यता का उल्लेख है।

उसमें से पहली कथा यह है।[13] सुर्जा बल्लाल सिंह को काशी यात्रा की इच्छा हुई। वह चुनिन्दा अंगरक्षकों के साथ काशी गया और वहाँ पर्याप्त दिनों निवास किया। फिर लखनऊ में उसने युद्ध कला तथा गायन कला का अभ्यास किया। वहाँ उसने राजनीति भी सीखी। लखनऊ में उसके निवास काल में उसके अंगरक्षकों का उपद्रव होने से दिल्ली के सुलतान ने उसे गिरफ्तार किया। सुर्जा बल्लाल सिंह की गिरफ्तारी की खबर बल्लालपुर पहुँचते ही सूरज का जटबा (जाटबा) नामक सरदार उसकी मदद हेतु दिल्ली गया।

इधर दिल्ली के सुलतान ने सुर्जा को अपनी सेवा में लेकर उसे कैबर के ठाकुर मोहन सिंह पर आक्रमण करने की आज्ञा दी। सूरज ने मोहन सिंह को मार डाला

किन्तु उसकी पत्नी तथा कन्या कैद कर ली गईं। सूरज ने उन्हें सुरक्षा का वचन दिया। मोहन सिंह की पत्नी तथा कन्या की रक्षा के लिए सूरज ने एक युक्ति से काम लिया। उसने मोहन सिंह की कन्या को पुरुष का वेष देकर अपना पुत्र घोषित किया और उसे सुलतान की गोद में बिठा दिया। सुलतान ने उसे बड़े प्रेम से बेटा कहा और मोहन सिंह की कन्या की रक्षा की। तब सुर्जा ने रहस्योद्घाटन किया कि गोद में स्थित बेटा ही मोहन सिंह की बेटी है। तब सुलतान ने अपनी अभिलाषा का त्याग कर मोहन सिंह की पत्नी और कन्या सुर्जा को सौंप दिया। सुर्जा ने उन्हें कैवा रवाना कर दिया।

सुलतान ने सुर्जा का मान-सम्मान कर शेरशाह का खिताब दिया। दिल्ली में सुर्जा ने दो राजपूत महिलाओं से विवाह किया था। दिल्ली से लौटते समय वह इन दोनों महिलाओं को दिल्ली से ले आया। साथ ही दिल्ली से वह एक विशिष्ट तलवार भी लाया।[14]

विनायक औरंगाबादकर ने भी सुर्जा बल्लाल सिंह के विषय में दो कहानियाँ दी हैं।[15] एक कहानी के अनुसार रामशाह ने शासन के 15वें वर्ष में प्रान्त में दंगा किया। दिल्ली में उस समय औरंगजेब बादशाह था। उसे जब रामशाह के उपद्रव की खबर मिली तब उसे उसने कैद किया और उसे डाँटा। तब रामशाह ने बादशाह की कन्या के विषय में अपमानजनक शब्द बोलकर जवाब दिया। इस पर क्रोधित होकर बादशाह ने उसे प्राणदंड दे दिया। यह बात जब बादशाह की कन्या को मालूम हुई तो उसने बादशाह को बताया कि "मैं कुमारिका थी और मेरे कारण वह मारा गया। अब मुझ पर दाग लग चुका। अब मुझे शादी नहीं करनी है। मेरा पति अब वही हो चुका। उसकी कोई सन्तान हो तो वह मेरी गोद में डाल दो। तब औरंगजेब ने रामशाह के पुत्र कुँवर शाह को आमन्त्रित कर उस कन्या की गोद में डाला। उसे मेहताब, चँवर, पालकी चौर, अफतागीरी घोड़े, हाथी, फौज आदि देकर उमरखेड देहात, जहाँ अब बल्लालपुर का दुर्ग है, रवाना किया और इस प्रान्त का राज्य कुँवर शाह को दे दिया। कुँवर शाह ने 33 वर्ष राज्य किया।

औरंगाबादकर ने जो दूसरी कहानी दी है वह सत्य के अधिक निकट लगती है।[16] इस कहानी के अनुसार दादबा बल्लाल गोंड बालापुर का जमींदार था। तब दिल्ली में बादशाह का शासन (नाम अज्ञात) था। उसने प्रान्त के जमींदारों को आमन्त्रित किया। तब दादबा बल्लाल आदि सब गोंड जमींदार दिल्ली गए। वे बादशाह के भेंट देने के लिए सोने का पेड़ ले गए। तब इनके पास विपुल सम्पत्ति

थी। तब ये भुमले (भूमिए) कहलाते थे। उन्होंने बादशाह से मुलाकात करके उसे सोने का पेड़ नज़र किया। तब बादशाह को भ्रम हो गया कि इनके पास बहुत सम्पत्ति है। इसलिए उसने दादबा आदि सभी जमींदारों को उसने कैद कर लिया। छह महीने कैद में रहने के बाद एक दिन सुबह दादबा बल्लाल ने गायन किया। यह गाना बादशाह की रानी ने महल में सुना और उसे बुलाकर उस पर कृपा की तथा बादशाह से सिफारिश की। तब कैद से सभी जमींदारों के साथ दादबा को मुक्त किया गया और झाड़ी प्रान्त का राज्य देकर राज्य का माही-मरातीब, मोरछल, मेरुदंड, सूर्यपाल और कुछ सेना साथ देकर पालकी, नौबत, हाथी, घोड़े और ताँबे की सनद बनवाकर झाड़ी प्रान्त में भेज दिया।[17]

दादबा बल्लाल का कनिष्ठ भाई दिल्ली गया। उसे बादशाह ने देवगढ़ का राजा मुकर्रर कर उसे भी मरातीब देकर देवगढ़ रवाना किया। इधर दादबा बल्लाल राजा बल्लालपुर आकर रहने लगा। उसने पत्थर का दुर्ग पहले ही बनवाया था। अब जंगल काटकर उसने लोगों को बसाया और तालाब देखकर दुर्ग बनवाया। उसने जुनोना में किला और महल बनाना भी प्रारम्भ किया।

दादबा बल्लाल का निधन बल्लालपुर में हुआ। उसकी कब्र कस्बे से करीब दो किलोमीटर पूर्व में है। उसकी दो-तीन खास रानियाँ तथा अन्य महिलाएँ सती हो गईं। बाद में इन सबके मन्दिर बनाए गए।[18]

विनायकराव के अनुसार, बादशाह सुर्जा बल्लाल सिंह को साढ़े बावन परगनों का राज्य दिया। इसमें निम्नानुसार परगने थे। 1 परगना हवेली चन्द्रपुर, 1 परगना अष्ट सातोड, 1 परगना राजगढ़, 1 परगना बरसागढ़, 1 परगना गडबोरी, 1 परगना परजागढ़, 1 परगना नेरी, 1 परगना आमगाँव, 1 परगना घाटकुर, 1 परगना गड़चिरोली, 1 परगना बैरागढ़, 1 परगना प्रतापगढ़, 1 परगना नाभीड, 1 परगना सेगाँव, 1 परगना वरूड़, 1 परगना भान्दक, 1 परगना वनसिरपुर, 1 परगना मारडी, 1 परगना माणिक दुर्ग, 1 परगना सिरपुर, 1 परगना जुनगाँव उर्फ इस्लामगढ़, 1 परगना गेला भादंड, 1 परगना कायेर, 1 परगना पाटणबोरी, 1 परगना सिरकुंडा, 1 परगना कवाल, 1 परगना उटणुर, 1 परगना वेथ, 1 परगना किनवट, 1 परगना तुरुकचाँदा, 1 परगना वीरशा पेठ, 1 भोपाल पाटण, 1 परगना वडुरपेठ, 1 परगना सूर्जागढ़, 1 परगना चेंदराल, 1 परगना कुटुर, 1 परगना साँदगड़ी, 1 परगना काजी, 1 परगना रालेगाँव, 1 परगना ब्रह्मपुरी, 1 परगना चिमुर, 1 परगना पडणापुर, 1 परगना उमरड, 1 परगना पवनी, 1 परगना भिसी, 7 परगना पवनार–कुल 52। परगना

यह चाँदा राज्य का अधिकतम विस्तार था। शायद इस सारे प्रदेश पर राजा का अधिकार नहीं था। तथापि यह चाँदा राज्य के आधार और उसकी महत्त्वाकांक्षा का संकेत भी था।

खांडक्या बल्लालशाह (1472-1497)

सुर्जा बल्लालशाह के उपरान्त खांडक्या बल्लालशाह राज्यारूढ़ हुआ। बचपन से ही वह निरोग नहीं था। उसके शरीर पर कुष्ठ रोग के चिह्न दिखाई देते थे। किन्तु उसकी पत्नी हिरातानी बुद्धिमान और सुलक्षणी थी। उसने राजा को खुली हवा में घूमने के लिए प्रवृत्त करने हेतु उसे शिकार का शौक लगाया। उसने बल्लालपुर से 10 किलोमीटर दूर जुनोना में एक महल बनवाया और विस्तीर्ण तालाब खुदवाया। वहाँ वह वर्ष का काफी समय व्यतीत करता था। एक दिन राजा को शिकार नहीं मिला। वैशाख के दिनों में वह प्यास से व्याकुल हुआ। झरपट नदी का पाट भी सूखा पड़ा था। नदी के किनारे एक कुंड में पानी था। वहाँ का पानी पीने से तथा मुखमार्जन करने से उसे आरोग्य लाभ हुआ। अतः वहाँ उसने अचलेश्वर महादेव की स्थापना कर मन्दिर बनवाया। अचलेश्वर महादेव का दर्शन करने राजा नियमित रूप से आने लगा। उसने एक बार उसमें खरगोश को शिकारी कुत्ते पर हमला करते देखा। इस स्थान को पौरुषवान समझकर उसने वहीं दुर्ग बनाने का संकल्प किया और चन्द्रपुर की चहारदीवारी बनाने का कार्य शुरू किया।[20]

यूसुफ आदिलखान का अभियान (1474)

1412 से बल्लालपुर का गोंड राज्य बहमनी साम्राज्य के अधीन बना लेकिन वह नियमित रूप से कर नहीं देता था। इसी कारण 1426-28 में बहमनी सुलतान अहमद शाह वली ने तीन अभियान किए थे। जब सुर्जा बल्लालशाह को दिल्ली के सुलतान से 52 परगने की सनद तथा शेरशाह खिताब मिला तो उसने बहमनी सुलतान का आधिपत्य नकार कर उसे कर भेजना बन्द कर दिया। उस समय चाँदा के गोंड राज्य का विस्तार दुर्ग जिले के पूर्वी भाग तक था। उसके राज्य में बैरागढ़ एक महत्त्वपूर्ण दुर्ग था। उस समय चाँदा राज्य के ये तीन स्थाई आकर्षण थे–प्रदेश की समृद्धि, स्थानीय हीरों की खान और जंगली हाथी। इन कारणों से तृतीय महमूद

शाह बहमनी ने यूसुफ आदिलखान को इस अभियान के लिए नियुक्त किया। उसने अनेक नैसर्गिक संकटों का मुकाबला करते हुए बैरागढ़ का घेरा डाला। दुर्ग ऊँचा और प्रबल था। घेरा छह महीने चला। वर्षाकाल के आसार देखकर यूसुफ खान ने समझौते की वार्ता चलाई। दुर्ग रक्षक जातक राय की रसद और गोला बारूद समाप्त होने को थी अतः उसने खान से जान की माफी प्राप्त कर दुर्ग खान को सौंप दिया। यूसुफ खान ने पुनः विद्रोह की सम्भावना समाप्त करने के लिए दुर्ग को धराशाई कर दिया और वहाँ कुछ सैनिक छोड़कर हीरों की खान के हीरे तथा लूट का माल लेकर उसने उत्तर को लाँजी की ओर कूच किया, जो आजकल मध्य प्रदेश के बालाघाट जिले में है। वह लॉजी के राजा अमर सिंह से पर्याप्त कर, हाथी, घोड़े, जेवरात लेकर बीदर गया और लूट की कुछ सामग्री सुलतान को नज़र की।[21]

बैरागढ़ की लड़ाई में वीरगति को प्राप्त सैनिकों की कब्रें बैरागढ़ से दो किलोमीटर उत्तर स्थित पहाड़ी पर हैं। इस पहाड़ी को ईदगाह की पहाड़ी कहते हैं। बैरागढ़ का घेरा समाप्त होने पर खांडक्या बल्लालशाह ने चन्द्रपुर की किलेबन्दी निर्मित करने का संकल्प दुहराया तथा तेल ठाकुर नामक राजपूत स्थापत्यकार को दुर्ग बनाने का का कार्य सौंपा। राजा के आदेशानुसार शीघ्र ही सम्पूर्ण दुर्ग की नींव डाली गई। वहीं खांडक्या बल्लालशाह ने अपनी राजधानी बनाई और उत्तर दिशा में एक तालाब बनाया। दुर्ग बनाने का कार्य समाप्त होने तक खांडक्या बल्लालशाह बल्लालपुर से चन्द्रपुर आना जाना करता था। उसका निधन बल्लालपुर में हुआ। उसकी समाधि बल्लालपुर रेलवे स्टेशन के पूर्व में है। काले पत्थरों से बनी इस आयताकार समाधि के ऊपर गुम्बद और उच्च शिखर है। इस समाधि के सामने खांडक्या की रानी हिरातानी के समाधि के अवशेष हैं तथा एक चबूतरे पर 84 पद चिह्न उत्कीर्ण हैं। कहा जाता है कि यह हिरातानी की सौतनों के स्मृति चिह्न हैं।[22]

सन्दर्भ

1. राजुरकर, पृ. 103-105
2. वही, पृ. 106
3. वही, पृ. 113
4. वही, पृ. 114-117

5. वही, पृ. 117
6. वही, पृ. 118
7. सय्यद अली कृत, बुरहाने मासिर, पृ. 21-22, फरिश्ता, भाग 1, पृ. 280 कुंटे, बहमनी राज्य पृ. 21-22
8. कुंटे, बहमनी राज्य, पृ. 52
9. राजुरकर, पृ. 119
10. कुंटे, बहमनी राज्य, पृ. 68-72, फरिश्ता, भाग 1, पृ. 323-325
11. राजुरकर, पृ. 120
12. वही, पृ. 121
13. राजुरकर के तर्क के अनुसार यह सुलतान बहलोल लोदी (1450-1488), था किन्तु इसे फ़ारसी स्रोतों से समर्थन नहीं मिलता।
14. ल्युसी स्मिथ, पृ. 63
15. औरंग, चन्द्र, फो. 98 अ-ब इसमें दिया औरंगजेब का नाम गलत है।
16. वही, 94 अ-ब, 106 अ-ब, 130 ब, 131 अ.
17. बेग्बी, चाँदा, पृ. 109
18. औरंग. चन्द्र, फो. 106 ब
19. वही, चन्द्र, फो. 94 ब, 95 अ
20. राजुरकर, पृ. 123-25
21. वही, पृ. 126-27
22. वही, पृ. 127-29

3

राजधानी चाँदा

हीरशाह (1497-1522)

खांडक्या बल्लालशाह की मृत्यु के बाद उसका पुत्र हीरशाह सिंहासन पर आरूढ़ हुआ। उसे अत्यन्त अनुकूल स्थिति उपलब्ध थी। 1490 से बहमनी साम्राज्य का पतन हो रहा था। जब उसके सरदार अपने-अपने स्वतन्त्र राज्य स्थापित करने में तथा विजयनगर से झगड़ने में व्यस्त थे। किसी का ध्यान चाँदा की ओर नहीं था। अतः उसे शान्ति से अपने राज्य की प्रगति करने का अवसर मिला।

हीरशाह चाँदा की किलेबन्दी का कार्य पूर्ण नहीं कर सका किन्तु उसने नगर के चारों महाद्वार का निर्माण कर उस पर गजारूढ़ सिंह की राजमुद्रा उत्कीर्ण की। उसने तीन उपदिशाओं में तीन तथा ईशान्य दिशा में दो खिड़कियाँ भी बनवाईं। उसने अपने निवास के लिए एक उत्तराभिमुख राजप्रसाद और उसके चारों ओर पाँच चहारदीवारों का किला बनवाया और किले के उत्तर की ओर लाल दरवाज़ा बनाया। किले के अन्दर उसने एक तालाब तथा सोमेश्वर मन्दिर भी बनाया।[1]

हीरशाह का सबसे सकारात्मक कार्य यह था कि उसने नवीन जमींदारियों का निर्माण किया और कृषि को प्रोत्साहन दिया।[2] इससे प्रशासन व्यवस्था मजबूत और राज्य की समृद्धि बढ़ी। इसमें सबसे बड़ी जमींदारी आत्राम सहादेवे घराने को प्राप्त अहेरी की जमींदारी थी। यह जमींदारी 2603 वर्गमील क्षेत्र में फैली थी। आत्राम सहादेवे परिवार की दूसरी जमींदारी दुधमाला की थी जो 33 वर्गमील क्षेत्र में फैली थी। बाकी जमींदारियाँ इस प्रकार थीं–

नाम	वर्गमील	जाति	कुल
खुटगाँव	157	राजगोंड	मडावी सातदेवे
गिलगाँव	60	राजगोंड	आत्राम सातदेवे
चांडाला	17	राजगोंड	मडावी सातदेवे
धानोरा	91	राजगोंड	मडावी सहादेवे
पायमुरांडा	88	राजगोंड	रायसिडाम सहादेवे
पोटेगाँव	34	राजगोंड	सुरपाम पाचदेवे
सिरसुंडी	38	राजगोंड	मडावी सातदेवे
मुरूमगाँव	149	राजगोंड	मडावी सातदेवे
रांगी	117	गायतागोंड	
झाड़ापापड़ा	109	हलबा	
सोनसरी	57	हलबा	
पानाबारस		औंढीकोरचा	अंगबागढ़
चौकी	852	राजगोंड	मडावी सातदेवे
राजगोंड		राजगोंडखटुलबार	मडावी सातदेवे
		गोंड	मडावी सातदेवे

हीरशाह ने हर एक जमींदार को सनद देकर उनकी सीमा निश्चित की। जमींदारों का हक हीरशाह की मर्जी पर था। प्रत्येक जमींदार के लिए अपने अधिपति राजा को टकोली (कर) देना और आपत्ति काल में सैनिक सहायता करना अनिवार्य था। जमींदारी के प्रदेश में शान्ति और सुव्यवस्था रखना और कृषि को समृद्ध करना जमींदार की जिम्मेदारी थी। जमींदार के प्रदेश में अव्यवस्था होने पर, प्रगति न होने पर, प्रजा का उत्पीड़न करने पर, किसानों से बेगार लेने पर तथा वाजीब-उल-अर्ज भंग करने पर जमींदार को पदच्युत किया जा सकता था। जमींदारी का बँटवारा नहीं हो सकता था और ज्येष्ठ पुत्र जमींदारी का उत्तराधिकारी होता था। किसी भी जमींदार को राजा की उपाधि नहीं थी। मात्र अहेरी और पलसगढ़ के जमींदारों को लोगों द्वारा 'राजा' कहा जाता था।[3]

हीरशाह के आदेश के अनुसार तालाब बनानेवाले कृषकों को उस तालाब से सिंचित जमीन इनाम में दे दी गई थी। जिन जमींदारों के क्षेत्र में जमीन परती रहती उन्हें सजा दी जाती और उनकी जमीन वापस ले ली जाती। हीरशाह ने

पहली बार जमीन पर कर वसूल करना प्रारम्भ किया। उसने किसानों को तकाबी, बीजाई देकर काश्तकारी बढ़ाने के लिए प्रोत्साहन दिया। स्वयं हीरशाह ने किसानों के लिए जुनोना का तालाब बनाया। वह प्रति हल की जमीन की पैदावार पर एक सोने का हल कर के रूप में लेता था। इससे राज्य का उत्पादन बढ़ा। हीरशाह चाँदा के राजवंश का प्रथम स्वतन्त्र राजा था। दुर्भाग्य से वह निःसन्तान था। अतः 1522 में उसकी मृत्यु पर उसकी पत्नी हीराई ने दो पुत्र गोद लेकर राज्य की व्यवस्था सँभाली।[4]

राजमाता हिराई का राजत्वकाल (1522-1547)

हीरशाह के कोई सन्तान नहीं थी। उसकी निःसन्तान मृत्यु होने पर उसकी पत्नी हिराई ने राज्य का कारोबार सँभाला। उसने जुनगाँव मोवाड़ के आत्राम सहादेवे घराने के कनिष्ठ पुत्र लोकबा को गोद लिया। दुर्भाग्यवश वयस्क होने के पहले ही उसका निधन हो गया। तब रानी हिराई ने अकबा को गोद लिया। इसी कारण कुछ सूचियों में दो भाइयों के स्थान पर एक ही भाई का नाम मिलता है।[5]

सभी जमींदार और सरदारों का राजधानी में सम्मेलन करने की हीरशाह द्वारा प्रारम्भ प्रथा हिराई के राज्य काल में यथावत चलती रही। इस सम्मेलन में सभी सामन्त अपने राजा को कर के रूप में धान्य तथा पशु नज़र करते थे और राजा सभी को भोजन कराता था। इसी प्रकार के एक सम्मेलन में अमरावती (जिला गुन्तुर) के बेलमा सरदार ने उसे एक मूल्यवान हीरा दिया। इस पर अकबा ने उसे पर्याप्त विस्तृत क्षेत्र की जमींदारी दी।[6]

हिराई तथा उसके गोद लिए पुत्रों का राजत्वकाल हिन्दू धर्म के पुनरुज्जीवन के लिए प्रसिद्ध है। उसने महाकाली, एकवीरा तथा अचलेश्वर का मन्दिर बनाया तथा जुनोना के दुर्ग की नींव डालकर 1 मीटर से डेढ़ मीटर तक दीवारें खड़ी कीं। चन्दनखेड़ में भी उसने किला बनवाया। सम्भवतः इसी समय से महाकाली के मन्दिर में चैत्र पूर्णिमा का मेला लगने लगा होगा।[7] जिससे धर्म, व्यापार और सांस्कृतिक विनिमय को प्रोत्साहन मिला होगा। आज भी इस मेले में पोतराज, गोंधली आदि के कारनामे देखने तथा गीत सुनने को मिलते हैं। रानी हिराई के शासनकाल में जारी की गई जात्राएँ (मेलों) में गाए जानेवाले मराठी गीत/भजन हिन्दी अनुवाद सहित परिशिष्ट एक में दिए गए हैं।

कर्णशाह (1547-1572)

अकबा, लोकबा तथा राजमाता हिराई के बाद अकबा का पुत्र कर्णशाह अथवा कोंडी शाह राजा बना। राजमाता हिराई के राज्यकाल में राज्य को दुर्बल समझ कर रतनपुर के राजा कल्याण शाह ने चाँदा पर आक्रमण किया, किन्तु शीघ्र ही कर्णशाह स्वतन्त्र हो गया।[8] उसने अपना राज्य उत्तर में उमरेड, पवनी, चीचगढ़ तक फैलाया।[9] कर्णशाह हिन्दू धर्म पर बहुत श्रद्धा रखता था और उसे हिन्दू धर्म ग्रन्थों की कथा सुनने में रुचि थी। वह शैव था, अतः उसने चाँदा में तथा अन्यत्र शिव मन्दिर बनाए तथा उसने पुराने मन्दिर, गुहा आदि का जीर्णोद्धार किया।[10]

कर्णशाह न्यायप्रिय था। वह हर विवाद को ध्यानपूर्वक सुनकर उस पर विचार कर निर्णय देता था। विवादग्रस्त दोनों पक्षों की दलीलें सुनकर वह इसका विचार करता कि दोषी कौन है, और अपराध के अनुसार अपराधी को सजा देता। गलत काम करनेवालों को देश निकाला दिया जाता था। ईमानदारी से अपराध कबूल करने पर दो बार माफी मिलती थी। किन्तु तीसरी बार अपराध करने पर अपराधी को कठोर सजा मिलती थी। देहात गें विवाद निपटाने का कार्य महाजन करते थे।[11] उसके राज्यकाल में तेलांगना से हज़ारों लोग स्थानीय राजा से त्रस्त होकर उसका आश्रय प्राप्त करने आए। इन तेलुगु लोगों की संख्या इतनी बढ़ी कि शहर की चहारदीवारी के बाहर भी उनकी बस्ती फैल गई।[12]

कर्णशाह के राज्य में चाँदा के किले की ऊँचाई बढ़ाई गई। उमरेड का दुर्ग भी उसने ही बनवाया था। इस धर्मपरायण, न्यायप्रिय और प्रजाहितैषी राजा का निधन 1572 में हुआ।।[13]

बाबाजी बल्लाल (1572-1597)

कर्णशाह की मृत्यु पर उसका पुत्र बाबाजी बल्लाल चाँदा का शासक बना। वह वीर महत्त्वाकांक्षी और स्वतन्त्र वृत्ति का था। बाबाजी बल्लाल ने न तो बहमनियों का आधिपत्य माना और न रतनपुर के हैहयवंशियों का अधिकार स्वीकार किया। उसने बहमनियों से बैरागढ़ को पुनः प्राप्त किया। टीपागढ़ के राजा पुरमशाह ने चाँदा के राजा की ओर से बैरागढ़ का दुर्ग जीत लिया। इसी के साथ उसने छत्तीसगढ़ का कुछ प्रदेश भी छीनकर अपने राज्य में जोड़ा। किन्तु विद्रोहियों ने

पुरमशाह की मृत्यु की अफवाह फैला दी, इस कारण उसकी पत्नी सती हो गई। अन्ततः बाबाजी ने हरचन्द गोंड को जमींदार नियुक्त किया। हरचन्द गोंड बहुत धार्मिक था। उसने भंडारेश्वर, पातालेश्वर, दुबलेश्वर, अचलेश्वर, राजेश्वर और महाबलेश्वर नामक सप्तधाम स्थापित किए। अब भंडारेश्वर का मन्दिर और नन्दिकेश्वर के अवशेष उपलब्ध हैं। उसने आरमोरी के पास एक संयुक्त शिव मन्दिर भी बनाया।[14] बहमनी सुलतानों ने 1428 में चाँदा राज्य का कलम्ब और माहुर इलाक़े जीते थे। अब अवसर पाकर बाबाजी ने कलम्ब सरकार के आठ परगने पुनः प्राप्त किए, किन्तु वह माहुर सरकार को हासिल नहीं कर सका। उसके काल में महान मुगल सम्राट अकबर का राज्य दक्षिण में प्रवेश कर रहा था। उसका सामना करना दक्षिण के किसी राज्य के बस की बात नहीं थी, फिर चाँदा की क्या बिसात थी। अब उसका पतन काल आ रहा था।

1597 में मुगल बादशाह अकबर ने अहमदनगर को हराया तो चाँदा का इलाका भी मुगल साम्राज्य का हिस्सा हो गया। यह जरूर है कि वहाँ के स्थानीय शासक को बेदखल नहीं किया गया और वह बरार के सूबेदार के अन्तर्गत कर दिया गया। आइन-ए-अकबरी में बरार के सूबे के अन्तर्गत चाँदा के इलाक़े का भी वर्णन दिया गया है और कहा गया है कि कलम्ब एक प्राचीन शहर है और यह बहुत महत्त्वपूर्ण है। यह भैंसों के लिए जाना जाता है। इसके पड़ोस में जो जमींदार है वह गोंड क़बीले का है और उसका नाम बाबजी है। इस इलाक़े को चाँदा के नाम से ज़्यादा जाना जाता है। उसके अन्तर्गत एक हज़ार घोड़ों और चालीस हज़ार पैदल की सेना है। उसके अधीन बीरागढ़ है जहाँ हीरे की एक खान है और यहाँ छपे कपड़े और अन्य कपड़ों की बुनाई होती है। बीरागढ़ को कुछ पहले ही उसने अन्य राजा से जीत लिया था। यहाँ जंगली हाथी बड़ी तादाद में पाए जाते हैं। बासिम के आसपास एक देसी जाति रहती है और वह घमंडी तथा विद्रोही है। इन्हें 'हटकर' कहा जाता है। उनकी सेना में एक हज़ार घोड़े और पाँच हज़ार पैदल हैं। एक और जमींदारी है बंजारा, जिसके पास एक सौ घोड़े और एक हज़ार पैदल सैनिक हैं। फिलहाल वह एक स्त्री के अधीन है। हटकर और बंजारा राजपूत हैं। माहुर के बारे में लिखा है कि यह पहाड़ी पर स्थित एक मजबूत किला है। इसके पास ही दुर्गा को समर्पित एक मन्दिर है। इसे जगतधात्री के नाम से जाना जाता है। यहाँ की भैंसें अच्छी नस्ल की हैं और एक मन से ज़्यादा दूध देती हैं। यहाँ का जमींदार राजपूत है और उसका नाम इन्द्रदेव है और उसकी उपाधि राणा है। उसके पास एक सौ घोड़े और एक हज़ार पैदल सैनिक हैं। मानिकदुर्ग

एक पहाड़ी पर बना किला है जिसके चारों ओर सघन वन है। यह चाँदा के पास होने पर भी स्वतन्त्र है।[15] आगे यह भी लिखा है कि कलम्ब की सरकार के आठ परगने चाँदा में जोड़ दिए गए थे।[16]

इस पराक्रमी और धार्मिक राजा का निधन 1597 में हुआ।[17]

सन्दर्भ

1. राजुरकर, पृ. 131-32, बेग्बी, चाँदा, पृ. 45
2. वही पृ. 132-34, बेग्बी, चाँदा, पृ. 44
3. वही पृ. 134-36, बेग्बी, चाँदा, पृ. 44
4. वही, पृ. 136-37
5. वही, पृ. 136-37, औरंग, चन्द्र., फो. 96 ब
6. वहीं, पृ. 137, बेग्बी, चाँदा, पृ. 45
7. वही, पृ. 186-95
8. शुक्ल प्रयागदत्त, *मध्य प्रदेश का इतिहास*, पृ. 36
9. रसेल, भंडारा, पृ. 197, रसेल, नागपुर, पृ. 342
10. राजुरकर, पृ. 138-39, बेग्बी, चाँदा, पृ. 46
11. वही, पृ. 138
12. वहीं, पृ. 139, बेग्बी, चाँदा, पृ. 46
13. वही, पृ. 140
14. वही, पृ. 141-46, बेग्बी, चाँदा, पृ. 47
15. *आइन-ए-अकबरी*, अनुवाद ब्लाकमैन, जिल्द दो-तीन संयुक्त, रिप्रिंट 2006, पृ. 238
16. वही, पृ. 240
17. वही, पृ. 146

4

चाँदा राज्य का पतन

राजा धुंड्या रामशाह (1597-1622)

बाबाजी बल्लालशाह की मृत्यु पर उसका पुत्र धुंड्या रामशाह सिंहासनारूढ़ हुआ। उसके राज्यकाल में चन्द्रपुर के नगरकोट का काफी कार्य हुआ। इसके राज्यकाल में मुगलों का बरार में प्रवेश तथा अधिकार हो चुका था। जैसा कि पिछले अध्याय में बताया जा चुका है मुगल दरबार के विद्वान मन्त्री अबुल फ़ज़्ल ने अपनी किताब आइन-ए-अकबरी में बाबाजी बल्लालशाह और उसके समय के चाँदा के बारे में कुछ जानकारी दी है। कहने की ज़रूरत नहीं कि रामशाह को अकबर के समय मुगलों की अधीनता स्वीकार करनी पड़ी।

1605 में अकबर के निधन के बाद मुगल सम्राट के पद पर जहाँगीर आया। उसके राज्यकाल में उसके पुत्र शाहजहाँ ने विद्रोह कर दिया। सम्भवतः इसका लाभ उठाकर रामशाह ने भी विद्रोह किया। उसने पास पड़ोस के जमींदारों से टकोली (कर) वसूल करना प्रारम्भ किया। उसे पकड़कर कैद में डाला गया। उससे जवाबतलब करने पर उसने बादशाह की कन्या के विषय में अपमानजनक बात की। अन्त में उसे मार डाला गया।[1] रामशाह ने चाँदा की चहारदीवारी के निर्माण का पर्याप्त काम किया, और कृषि को प्रोत्साहन देने हेतु उसने ब्राह्मण और वीर शैव-लिंगायतों को इनाम दिए। उसके राज्यकाल में रायप्पा कोमटी ने एक शिव मन्दिर बनाने का संकल्प कर दशमुखी दुर्गा और अन्य मूर्ति समूह का निर्माण किया। दुर्भाग्य से वह मन्दिर बनाने का कार्य पूर्ण नहीं कर सका।[2]

कृष्णशाह (1622-1640)

रामशाह की अकाल मृत्यु से चाँदा राज्य पर भारी संकट आया। चाँदा की प्रशासकीय समस्या समझकर रामशाह के पुत्र कुँवर कृष्णशाह को राजा नियुक्त किया गया। औरंगाबादकर के विवरण के अनुसार शहजादी की सिफारिश से कुँवर को राजा नियुक्त किया गया और उसे माही मरातब और अन्य राजकीय सम्मान देकर रवाना किया गया।[3]

मुगल बादशाह जहाँगीर के निधन के बाद 1628 में शाहजहाँ के सत्तारूढ़ होते ही कृष्णशाह ने प्राणहिता नदी के किनारे जाकर उसे खंडणी के रूप में छह लाख रुपए दिए तथा प्रतिवर्ष 20 हाथी या 80 हज़ार रुपए देना मान्य किया।[4] शाहजहाँ के शासन काल में ही जुझारसिंह बुन्देला ने विद्रोह किया और 1635 में उसने नर्मदा घाटी में स्थित चौरागढ़ पर आक्रमण किया और वहाँ के राजा प्रेमनारायण को मार डाला। उसे दंड देने के लिए जब मुगल सेना ने उसका पीछा किया तो वह दक्षिण की ओर भागा। मुगल बादशाह ने जुझार को जीवित या मृत पकड़ने के लिए गोंड राजाओं को आदेश दिए। कृष्णशाह ने मुगलों को पूरा सहयोग दिया। चन्द्रपुर की सरहद पर मुगलों ने पुनः जुझार पर छापा मारा। उसमें भी जुझार की पराजय हुई और वह घने वन में घुस गया। किन्तु कृष्णशाह के सैनिकों ने उसका पीछा जारी रखा और दिसम्बर 1635 में उसको मार डाला।[5]

कृष्णशाह मुगलों को भविष्य में भी मदद देता रहा। 1637 में मुगल सेनाधिकारी खानदौरान ने देवगढ़ से कर वसूल करने हेतु आक्रमण किया। उसे मदद करने हेतु पारवेकर देशमुख घराने के नागोराव वसन्तराव को सेना सहित आने का आदेश दिया गया। स्वयं आने के स्थान पर उसको अपने पुत्र डोंगरराय को भेजने की सुविधा दी गई। उसे साथ में एक साहूकार लाने का भी आदेश दिया गया। कृष्णशाह 1500 घुड़सवार, तथा 500 पैदल लेकर खानदौरान की मदद हेतु आया। उसने 70 हज़ार रुपए नजराने के रूप में प्रस्तुत किए।[6]

कृष्णशाह ने देवगढ़ के शासक अपने जाति बन्धु कोकशाह को बचाने के लिए मुगलों से बीच बचाव करने का प्रयास किया। कोकशाह 150 हाथी देने को तैयार था किन्तु उसकी माँग थी कि नागपुर का घेरा उठा लिया जाए। उसकी यह माँग खानदौरान ने अमान्य कर दी और सुरंग लगाकर दुर्ग की दीवार उड़ा दी और किलेदार देवजी को कैद कर लिया। तब 16 जून 1637

को कूकिया खानदौरान की शरण आ गया। उसने डेढ़ लाख रुपए कर तथा 170 हाथियों का नजराना दिया और वार्षिक चार लाख रुपए देना कबूल किया। बादशाह शाहजहाँ ने प्रसन्न होकर खानदौरान को नुसरतजंग की पदवी दी।

1640 में कृष्णशाह का निधन हो गया। उसने अठारह साल तक चाँदा राज्य का शासन सँभाला और वह आजीवन मुगलों का निष्ठावान सामन्त बना रहा।

बाबाजी उर्फ मानजी बल्लालशाह (1640-1667)

कृष्णशाह की मृत्यु पर उसका पुत्र बाबाजी या मानजी बल्लालशाह सिंहासनारूढ़ हुआ। वह तत्काल बुरहानपुर जाकर दक्खन के सूबेदार औरंगजेब से जा मिला और उसे चार लाख रुपए नजराना दिया।[7]

सम्भवतः 1640-44 के मध्य चाँदा में अकाल पड़ा होगा अतः चन्द्रपुर के कर की बकाया को पूर्णतः माफ कर दिया। अतः देवगढ़ के राजा ने भी इसी सुविधा के लिए प्रार्थना की जिसे मंजूर करने की सिफारिश दक्खन के सूबेदार औरंगजेब ने की।[8]

1652 में शहजादा औरंगजेब को दूसरी बार दक्खन का सूबेदार नियुक्त किया गया। उसे कृषि, विकास और काश्तकारों की स्थिति में सुधार का कार्य सौंपा गया। उसकी सहायता के लिए मुर्शिदकुली खान को दीवान के पद पर नियुक्त किया गया। उसने स्थानीय जमींदारों को बुलाकर नई राजस्व पद्धति के बारे में समझाया। पहले हलों की संख्या के आधार पर कृषि योग्य जमीन का मापन किया जाता था और राजस्व का नियम भी पूर्व निश्चित नहीं था। अतः राजस्व अधिकारियों के जुल्म से कृषक भूमि त्याग देते थे। अब औरंगजेब ने कृषकों को उनकी जमीन पर स्थिर किया और उनकी जमीन का मापन कर भूमापन अभिलेख तैयार किए। जिस गाँव में मुकद्दम नहीं थे वहाँ मुकद्दम नियुक्त किए और गरीब कृषकों की बीजाई और खेती के लिए अन्य सामग्री की पूर्ति की। उसने तकावी ऋणों की भी व्यवस्था की। इस कारण अन्य प्रदेश के समान चन्द्रपुर का भी राजस्व बढ़ा होगा।[9]

इस समय किसी ने शिकायत की कि देवगढ़ के राजा केसरी शाह के पास 200 हाथी हैं। जिसमें जटाशंकर हाथी विशेष सुन्दर है अतः बादशाह ने शहजादा

औरगंजेब को बार-बार लिखा कि वह देवगढ़ से जटाशंकर और अन्य हाथी प्राप्त करे। यह सन 1655 की बात है। अन्ततः औरंगजेब ने देवगढ़ पर हमीद खान के नेतृत्व में सेना भेजी और चाँदा के राजा केसरी शाह से जटाशंकर हाथी के विषय में पड़ताल की। देवगढ़ का राजा केसरी शाह मुगलों के शरण में आया। उसने 5 लाख रुपए कर और 20 हाथी प्रस्तुत किए और कर बकाया रहने पर राज्य के परगने देना कबूल किया। किन्तु देवगढ़ में 200 हाथी होने की बात उसने साफ नकार दी। चाँदा के जमींदार तथा उसके वकील ने इसकी पुष्टि की और हमीदखान के सामने कहा कि वे जटाशंकर या अन्य हाथियों के विषय में कुछ नहीं जानते।[10] अतः यह विवाद समाप्त हुआ।

1657 में शाहजहाँ की बीमारी से मुगल शहजादों के बीच उत्तराधिकार युद्ध शुरू हो गया। इसमें औरंगजेब ने अपने बन्धुओं को मारकर तथा पिता को कैद कर बादशाहत हस्तगत की। इस गृह-युद्ध के कारण मुगल साम्राज्य कमजोर हुआ। इसका फायदा उठाकर शिवाजी ने अपना सर उठाया। उसे कुचलने के लिए बादशाह औरंगजेब ने शाईस्ताखान को दक्खन भेजा। तब चन्द्रपुर के राजा को शाईस्ताखान की सेवा के लिए भेजा गया।[11] लेकिन शाईस्ताखान का अभियान विफ़ल रहा।

शाईस्ताखान की असफलता के बाद उसके स्थान पर जयपुर के राजा जयसिंह की नियुक्ति की गई। उसने चन्द्रपुर के राजा मानजी बलाल और उसके पुत्र को मुगलों की सेना में भर्ती होने का आदेश दिया। किन्तु शायद उसे यह ज्ञात था कि उसके आदेश के पालन की सम्भावना कम है। क्या उसे अपने अवज्ञा की सम्भावना ज्ञात होगी। अतः उसने चन्द्रपुर दरबार के दो मराठा सरदार रामा और हणमन्त सुपेकर को प्रभावित करने की कोशिश की। उन्हें सुपा (जिला पुणे) के वतन का प्रलोभन दिया गया। जयसिंह ने रामा और हणमन्त को 300 सवार, का मंसब देकर लोणी के थाने पर नियुक्त किया।[12] किन्तु जयसिंह के आमन्त्रण के बावजूद चन्द्रपुर का राजा मुगल सेना में शामिल होने नहीं गया।

जयसिंह की सेना और दावपेंचों के आगे शिवाजी की एक न चली और उसे 1665 में पुरन्दर की संधि करनी पड़ी। अन्ततः शिवाजी को आगरा जाना पड़ा, जहाँ उसे कैद कर लिया गया। किन्तु वह वेष बदलकर कारागार से भाग गया। वह देवगढ़ होकर चाँदा प्रान्त से इन्दूर के पास गंगा (गोदावरी नदी) पार कर बालाघाट से कडेवलीत आया।[13] चन्द्रपुर के राजा की तटस्थता का भी सम्भवतः

उसे लाभ मिला होगा। मुगल सूबेदार जयसिंह ने देवगढ़ के राजा को शिवाजी को पकड़ने का आदेश दिया था।[14] किन्तु वह आदेश विलम्ब से मिलने के कारण व्यर्थ सिद्ध हुआ।

देवगढ़ के विद्रोही राजा का मानजी द्वारा बार-बार पक्षपात करने और शिवाजी विरोधी अभियान में उसके तटस्थ रहने से मुगलों को सन्देह हुआ। अतः औरंगजेब ने चन्द्रपुर के राजा को पाठ पढ़ाने के लिए दिलेर खान को जाने का आदेश दिया। बरार के सूबेदार इरिजखान को अचलपुर से तथा बीकानेर के राजा राव कर्ण को तथा छत्रसाल बुन्देला को यवतमाल की दिशा से भेजा गया। मानजी ने अपने दीवान नागय्या को चर्चा के लिए भेजा। किन्तु दिलेरखान का रवैया अड़ियल था। उसने मुहम्मद लतीफ नामक अधिकारी को माणिकगढ़ लूटने और उसे नष्ट करने हेतु भेजा। मुहम्मद लतीफ ने माणिकगढ़ को नष्ट कर 50 तोपें प्राप्त कीं, किन्तु उसे कोई सम्पत्ति नहीं मिली। फिर उसने चन्द्रपुर पर आक्रमण किया और राज प्रासाद के किले की दीवारें नष्ट कर दीं। अन्ततः मानजी डर गया। वैसे भी वह अस्वस्थ था। उसने अपने अल्प वयस्क पुत्र रामसिंह के साथ मांढेली ग्राम में दिलेरखान से भेंट की और उसे पाँच लाख रुपयों की रिश्वत दी। उसने बादशाह को एक करोड़ रुपए दंड देने का तथा वार्षिक कर के रूप में दो लाख रुपए देने का आश्वासन दिया। किन्तु इस पर दिलेरखान को विश्वास नहीं था। उसने मांढेली में ही दो महीने मुकाम किया और कर के बकाया की जबर्दस्ती वसूली की। अन्ततः मानजी बलाल ने 77 लाख रुपए भरे और बाकी रकम के लिए उसने अपने ज्येष्ठ पुत्र मधुकर को पवनार के फौजदार कादरदाद खान के पास जमानत के रूप में रखा। इस समय मानजी गम्भीर रूप से अस्वस्थ था इसलिए उसके कनिष्ठ पुत्र रामसिंह को राज्य देने का निश्चय किया गया। बकाया रकम 8 लाख रुपए भरने के बाद शीघ्र ही मधुकरशाह की मुक्ति हो गई। चाँदा का कार्य पूरा कर दिलेरखान ने देवगढ़ का अभियान प्रारम्भ किया।[15] वैसे भी कृषकों के पलायन से अधिक धन वसूल करना असम्भव था। इस अभियान की सफलता से प्रसन्न होकर दिलेर खान ने पवनार के फौजदार कादरदाद खान की पदोन्नति की सिफारिश की और उसे दो सौ सवार के पद पर पदोन्नति की प्रार्थना की किन्तु बादशाह का दृष्टिकोण अलग था। उसे कादरदाद खान में पदोन्नति योग्य कोई विशेषता दिखाई नहीं दी। उसने उसके पहले के मनसब को ही पर्याप्त माना और दिलेरखान की प्रार्थना अमान्य कर दी।[16]

इधर मानजी बल्लाल अस्वस्थ होने के कारण चाँदा लौट गया। अपमान और आर्थिक हानि से वह और भी दुखी हो गया। ऐसे में एक राजपूत सैनिक ने निजी कारणों से 1667 में उसकी हत्या कर दी।[17]

रामसिंह (1667-1684)

मानजी बल्लाल की मृत्यु के बाद उसके कनिष्ठ पुत्र रामसिंह का राज्यारोहण हुआ। सम्भवतः वह अल्पवयस्क था, अतः सत्ता ज्येष्ठ पुत्र मधुकरशाह के हाथ में ही रही होगी। इसके कारण क्या थे यह पर्याप्त प्रमाण के अभाव में कहना सम्भव नहीं। शायद मधुकरशाह ज्येष्ठ पुत्र होते हुए भी वैध पुत्र नहीं था। अन्य ज्येष्ठ पुत्र होते हुए कनिष्ठ पुत्र के राज्यारोहण का कुछ कारण दिखाई नहीं देता। जो भी हो, 1681 तक चाँदा के राज्य के विषय में अधिक सूचना नहीं मिलती। शायद 1681 में रामसिंह वयस्क हो गया। उसने 30 नवम्बर 1681 को बादशाह के दर्शन किए। मुहर्रम की दो तारीख को अर्थात् 1 जनवरी 1682 को उसे खिलअत के वस्त्र, सुनहरे साज का घोड़ा, एक हाथी और जड़ाऊ सिरपेंच देकर सम्मानपूर्वक विदा किया गया।[18]

मुगल-मराठा संघर्ष

चाँदा राज्य का मुगलों को मिलना मराठों के हितों के विरुद्ध था। चाँदा राज्य की समृद्धि भी उन्हें आकर्षित करती थी। अतः मराठों का चन्द्रपुर पर आक्रमण करना अनिवार्य था। शिवाजी ने 1673 की ठंड में ही चाँदा को सेना भेजी थी। घुड़सवारों की एक टुकड़ी गोलकुंडा की ओर और दूसरी टुकड़ी उत्तर दिशा में चाँदा की ओर मुड़ गई। किन्तु मुगल सेना की तत्परता के कारण मराठों ने पश्चिम का रुख किया और चन्द्रपुर बच गया। शिवाजी के मरणोपरान्त सँभाजी ने अपने पिता की नीतियाँ जारी रखीं। बरार में मराठों के आने की सम्भावना देख बरार के सूबेदार ईरिजखान को सावधान रहने का आदेश दिया गया था।[19] मराठा सेना ने बुरहानपुर लूटकर बरार में प्रवेश किया तथा मुगल सूबेदार ईरिजखान तथा फौजदार रुहिल्लाखान और अब्दुल नबी ने मलकापुर, कारंजा धामणगाँव में मराठों का मुकाबला किया। 1682 की जनवरी में मराठों की सेना चाँदा में प्रवेश कर गई। इस समय चाँदा का राजा रामसिंह मुगल शिविर में था। स्थानीय सेना ने

मराठों का प्रतिकार किया। मुगल दरबार के अखबारों में चन्द्रपुर के 150 तथा मराठों के 500 सैनिक मारे जाने का दावा किया गया है।[20]

इस समय मुगलों की सबसे अहम समस्या शहजादा अकबर की विद्रोही गतिविधियाँ थीं। अकबर के पलायन की सम्भावना सुनकर बादशाह ने बरार के सूबेदार ईरिजखान, चाँदा के राजा रामसिंह, और इस्लामगढ़ के राजा दीनदार को सावधान रहने के लिए और विद्रोही के आने पर उसे कैद करने के आदेश दिए गए।[21] किन्तु मुगलों की परवाह किए बिना मराठों ने शहजादा मुअज्जम के हाथी, घोड़ों का अपहरण कर लिया। तब खानजहाँन बहादुर ने उनका पीछा किया। मराठों ने चन्द्रपुर के मार्ग से गोलकुंडा की ओर पलायन किया। लुत्फुल्लाखान ने हाथी, ऊँट वगैरह पुनः प्राप्त किए और वे स्थानीय जमींदारों को सौंपे। 1683 में परियागढ़ की जमींदारी को विभाजन कर राघो रामशाह की पलसगढ़ की जमींदारी दी गई। उसी प्रकार अंबागढ़ (दुर्ग जिला) की जमींदारी का विभाजन कर कोटगुल की जमींदारी का निर्माण किया गया। इससे रामशाह की शक्ति बढ़ी।[22]

किन्तु रामसिंह पर शीघ्र ही बड़ा संकट आया। किसी किशनसिंह वल्द त्रिवरसिंह ने बादशाह को प्रसन्न कर चन्द्रपुर का राज्य प्राप्त किया और अक्तूबर 1683 में रामसिंह को पदच्युत कर दिया गया।[23] किन्तु रामसिंह ने आज्ञा पालने से इंकार कर विद्रोह करने का विचार किया। उसने चार पाँच हज़ार मुगल अफगान सैनिकों की सेना एकत्रित की। यह खबर मिलते ही बादशाह ने असदखान के पुत्र इतिकादखान (भविष्य का जुल्फिकार खान) को रामसिंह को बेदखल करने के लिए भेजा।[24] मुगल सेना का मुकाबला करना रामसिंह के लिए सम्भव नहीं था। अतः वह परिवार छोड़कर 200 सैनिकों के साथ भाग गया।

इतिकादखान ने 2 नवम्बर, 1684 को चाँदा में प्रवेश कर किशनसिंह को स्थापित किया। रामसिंह ने दो सप्ताह बाद वापस आकर राजप्रासाद में जबर्दस्ती प्रवेश करने का प्रयास किया। मुरादबेग आदि अंगरक्षकों ने उसे रोकने का प्रयास किया। तब दोनों में संघर्ष हुआ और दोनो ही मारे गए।[25]

रामसिंह का शासन समाप्त होते-होते तत्कालीन राजनीतिक स्थिति में अत्यन्त महत्त्वपूर्ण परिवर्तन हो चुका था। 1681 में औरंगजेब दक्षिण की विजय के लिए निकला और मृत्युपर्यन्त वह वहीं रहा। छब्बीस वर्ष के इस दक्षिण प्रवास का प्रभाव चाँदा राज्य के इतिहास पर पड़े बिना न रहा। रामसिंह के राज्य काल में औरंगजेब की गतिविधियों का कोई घटनाक्रम नहीं मिलता, किन्तु पच्चीस वर्षों तक मुगल

सेना के दक्षिण प्रवास के कारण उत्तर और दक्षिण के मध्य सेनाओं का आवागमन एक आम बात हो गई। दूसरे, मुगल सेनाएँ दक्खिन के अतिरिक्त सतपुड़ा और विन्ध्याचल में स्थित गोंड राज्यों चाँदा देवगढ़ और गढ़ा में हस्तक्षेप करने का लोभ संवरण न कर सकी। तात्पर्य यह कि जैसे ही औरंगजेब दक्षिण से आया वैसे ही गोंड राज्यों पर मुगल हस्तक्षेप के कारण ये राज्य क्रमशः निर्बल होते गए और इनका अस्तित्व बहुधा संकट में पड़ता रहा। 1681 ई. के बाद मुगलों से युद्ध के कारण मराठों को प्रतिशोध के लिए मुगलों के साथी गोंड राज्य पर प्रति आक्रमण करने पड़े। अतः इन राज्यों में अत्यधिक अस्थिरता व्याप्त हो गई और अन्ततः मराठों के आघात से ही इनका अन्त हुआ।

किशनसिंह (1684-1696)

मुगलों के समर्थन से किशनसिंह चाँदा में राज्यारूढ़ तो हो गया किन्तु दुर्भाग्य से उसका पुत्र जो 600 जात और 100 सवारों का मुगल मंसबदार था, अकस्मात मर गया।[26]

मुगलों के मंसबदारों को खजाने का संरक्षण, हप्त चौकी का पहरा, रसद के काफिले का रक्षण जनानख़ाने का संरक्षण और शत्रु से युद्ध आदि कार्य करने पड़ते थे, इसलिए किशनसिंह को भी मुगल छावनी में बुलाया गया। शहजादा मुईजुद्दीन अक्तूबर 1692 से पंहालादुर्ग का घेरा डाले बैठा था। उसके शिविर में उदयपुर का राजपुत्र भीमसिंह और चाँदा का राजा किशनसिंह होली खेल रहे थे। उन्हें मुहतसिब ने मना किया किन्तु उन्होंने मुहतसिब की अवज्ञा की और वे मरने-मारने को तैयार हो गए। तब मुहतसिब ने लड़ने के स्थान पर बादशाह को शिकायत की। अन्ततः बादशाह ने भीमसिंह और किशनसिंह को चेताया।[27] इससे यह प्रतीत होता है कि मुगलों को छावनी में उस समय धार्मिक स्वतन्त्रता नहीं थी।

शहजादा मुईजुद्दीन ने अक्तूबर 1692 से पंहाला के किले पर घेरा डाला था। किन्तु उसे वांछित सफलता नहीं मिल रही थी। इसके कारणों की जाँच करने पर पता चला कि चाँदा के राजा किशनसिंह के मोर्चे के दाईं ओर से जो मराठों द्वारा पंहाला को रसद पहुँचाई जाती थी। अतः शहजादे ने चेतावनी दी, किन्तु इस चेतावनी पर ध्यान नहीं दिया गया। तब बादशाह ने लुत्फल्ला खान के द्वारा किशनसिंह को आदेश दिया कि मराठों के आवागमन के रास्ते पर थाने स्थापित करो और मराठों के गुप्तचरों को मारकर उनकी लाशें पेड़ों पर लटकाओ जिससे

दहशत फैले। इसका तत्काल पालन किया गया और शहजादे ने किशनसिंह सहित मुगल सरदारों की सिफारिश की।[28] किन्तु यह सब डींगें व्यर्थ थीं। अक्तूबर 1693 में धानाजी जाधव रामचन्द्र अमात्य ने पंहाला में रसद और कुमुक पहुँचाई और मुगल सेना पर बाहर से भी हमले किए। अन्ततः मुगलों को पंहाला का घेरा उठाना पड़ा।[29]

पंहाला की विफलता पर बादशाह ने शहजादा मुईजुद्दीन को सफशिकन खान और राजा किशनसिंह के साथ दरबार में बुलाया तथा किशनसिंह को हमीदुद्दीन खान के साथ उम्दी भेजा और अन्य शहजादा बीदरबख्त को पंहाला का घेरा डालने भेजा।[30]

पंहाला के घेरे से किशनसिंह को अपने राज्य की चिन्ता लगी रहती थी। कारण उसके राज्य में विद्रोहियों ने सर उठाया था और मुगल सरदार भी उसी के राज्य से मराठों को कुचलने जाते थे।[31] अतः उसने अपने राज्य में जाने के लिए छुट्टी भी माँगी थी। बादशाह ने उसे छुट्टी तो नहीं दी, बल्कि दिए हुए काम को बेहतर ढंग से करने की समझाईश दी।[32] किन्तु हमीउद्दीन खान के उम्दी से बीजापुर लौटने पर सम्भवतः किशनसिंह राजा की अर्जी मंजूर हुई।[33]

चाँदा जाने पर किशनसिंह ने विद्रोहियों को परास्त किया और राज्य से भगा दिया। विद्रोही रामगीर परगना और हैदराबाद प्रान्त में भाग गए। तब किशनसिंह ने रामगीर परगने के खानजमान फतेहजंग मुकर्रबखान का व्यवस्थापक तथा एलगंदल का फौजदार बदरूल्ला से मदद की प्रार्थना की। इसी समय उसने चाँदा में कच्चा नगरकोट बनवाने की अनुमति माँगी। वस्तुतः यह नगरकोट पूर्व से था और मुगल सेना ने उसे 1667 में ध्वस्त किया था। किन्तु अब उसकी मरम्मत करने की अनुमति दी गई।[34] इस समय किशनसिंह ने निजी दुश्मनी भी भुनाने का प्रयास किया उसने चन्नपत के जमींदार को उपद्रवी बता कर उसे सजा देने का इरादा जाहिर किया और बादशाह से सैनिक मदद माँगी। बादशाह ने पवनार का फौजदार सद्रुद्‌दीन खान को बख्शी उल-मुल्क मुखलिख खान द्वारा आदेश भिजवाया।[35]

बादशाही आदेश के अनुसार जब पवनार के फौजदार सद्रुद्‌दीन मुहम्मद खान तथा राजा किशनसिंह ने इस्लामगढ़, देवगढ़ पर आक्रमण किया, तब देवगढ़ का जमींदार दीनदार भाग गया। उसके पीछे 2000 सैनिक भेजकर देवगढ़ के दुर्ग पर कब्जा किया गया। सद्रुद्‌दीन ने प्रार्थना पत्र के साथ दुर्ग की चाबियाँ भी भेजीं। राजा किशनसिंह ने भी स्वतन्त्र रूप से अपना प्रार्थना पत्र भेजा। बादशाह ने

प्रसन्न होकर दोनों के मंसब की पूछताछ की।[36] बादशाह के प्रसन्न होने के और भी कारण थे। किशनसिंह के कनिष्ठ पुत्र कान सिंह ने देवगढ़ की जमींदारी मिलने पर चाँदा और देवगढ़ की जमींदारी के लिए 12 लाख रुपए और पाँच लाख रुपए शुक्राना देने की तैयारी दिखाई। दीनदार की बकाया पेशकश भी देने को वह तैयार था। कानसिंह अपनी माता के साथ इस्लाम धर्म स्वीकार करने को तथा एक लाख रुपए मासिक भरने को तैयार थे। बादशाह ने उसे आज्ञा दी कि कानसिंह तथा उसकी माता को मुसलमान बनाकर सूचना भेजी जाए। उनके इस्लाम स्वीकार करने की शर्त पर बादशाह इस्लामगढ़ की जमींदारी, राजा की उपाधि तथा फरमान भेजने को तैयार था।[37]

कानसिंह ने अपनी माता के साथ इस्लाम धर्म स्वीकार कर लिया और अब उसका नाम नेकनाम रखा गया। किन्तु देवगढ़ की जमींदारी का फरमान किशनसिंह के नाम से देकर देवगढ़ का काम नेकनाम को सौंपा गया।[38] देवगढ़ अभियान सफलता से सम्पन्न होने पर बादशाह ने किशनसिंह को मराठों से लड़ने के लिए पुनः बुलाया। ऐसा न किए जाने पर बादशाह की नाराजी की चेताचनी दी गई।[39] किन्तु यह चेतावनी व्यर्थ थी क्योंकि जुलाई 1696 में राजा किशनसिंह की मृत्यु हो गई।[40]

वीरशाह (1696-1704)

किशनसिंह की मृत्यु पर उसका ज्येष्ठ पुत्र बीरसिंह उर्फ वीरशाह राज्यारूढ़ हुआ। मुगल वजीर असदखान ने उसकी सिफारिश करते हुए कहा कि बीरसिंह बीस वर्ष का युवा है तथा जमींदारी करने योग्य है, अतः उसे पिता की जमींदारी तथा मंसब दिए जाएँ। बादशाह ने पुरानी पेशकश प्राप्त होने की शर्त पर जमींदारी देना मान्य किया। इसके पूर्व किशनसिंह के नाम चाँदा तथा देवगढ़ की जमींदारी का फरमान जारी हो चुका था। अब उस फरमान को रोका गया और चाँदा और देवगढ़ के विभिन्न फरमान वीर सिंह और नेकनाम के नाम जारी किए गए। इसका असली कारण वीर सिंह और नेकनाम का विद्वेष था।[41] इस कारण देवगढ़ और चाँदा के राज के एक होने की धूमिल सम्भावना समाप्त हो गई।

इस समय देवगढ़ का राजा बख्तबुलन्द का विद्रोह पूरे यौवन पर था। इसी कारण नेकनाम का देवगढ़ का शासक बना रहना मुश्किल था। अतः वीरशाह को आदेश दिया गया कि तुम अपने बन्धु नेकनाम को देवगढ़ में स्थापित कर चाँदा

वापस आओ। मालवा के सूबेदार मुख्तारखान, धानोजी के फौजदार शेर अफगन, इटावा के फौजदार खैरंदेशखान को भी बख्तबुलन्द के विरुद्ध कार्रवाई करने का आदेश दिया गया।[42]

इसका प्रतिरोध करने के लिए बख्तबुलन्द ने चाँदा राज्य के चान्दुर परगना में सेना भेजी और लूटपाट की। किन्तु मुगल सरदार महामदखान, बख्तरखान, अब्बास अली खान और फकीर मुहम्मद खान ने उसे रोका।[43]

25 अगस्त को बादशाह ने राजा वीरशाह को बुलाने के लिए सजावल अर्थात् वसूली करनेवाला अधिकारी भेजा।[44] बादशाह ने चाँदा की पेशकश वसूली करने का काम पवनार के फौजदार विन्द्रावन को सौंपा था। राजा वीरशाह ने उसे पेशकश दी, किन्तु विन्द्रावन ने उसे खजाने में जमा नहीं किया। अतः विन्द्रावन को पदच्युत करके उसके स्थान बरार का सूबेदार अलीमर्दान खान को पेशकश वसूली का काम सौंपा गया[45] और दूसरे दिन वीरशाह को बुलाने के लिए पुनश्च गुर्जबदार नियुक्त किया गया।[46] किन्तु वीरशाह नहीं आया। तब बादशाह ने बरार के सूबेदार अलीमर्दान खान को आदेश भेजा कि वीरशाह से पेशकश लेकर हुजूर भेजो अन्यथा कैद करो। अलीमर्दान खान ने षड्यंत्रपूर्वक वीरशाह को कैद किया।[47] 2 अगस्त तक उसने चाँदा के राजा से एक लाख रुपए वसूल किए। उसे भी शाही शिविर में भेजने का हुकुम हुआ।[48] वीरशाह का भाई नेकनाम 21 अगस्त को बादशाह के दर्शनार्थ पहुँचा। उसे बादशाह ने कुरान् की एक प्रति प्रदान की।[49] किन्तु 8 अक्तूबर तक सजाबल अधिकारी अब्दुल बेग गुर्जबरदार वीरशाह को शाही शिविर नहीं ला सके थे अतः उनका मंसब घटा दिया गया।[50]

ऐसा प्रतीत होता है कि देवगढ़ का राज्य प्राप्त करने में विफल नेकनाम वीरशाह को बदनाम कर चाँदा का राज्य प्राप्त करने का प्रयास कर रहा था। उसने बादशाह से शिकायत की कि उसका सेवक दत्ता (यादृया) ब्राह्मण मेरी आर्थिक विपत्ति के कारण शाही शिविर में आ रहा था। उसे मलकापुर के अधिकारी तहबदखान ने रोक लिया और उसकी सम्पत्ति जब्त कर ली। यह सब वीरशाह के इशारे पर ही किया गया। किन्तु बादशाह ने वीरशाह पर लगाए गए आरोप गंभीरता से न लेते हुए मात्र दत्ता की मुक्ति के लिए आदेश दिए।[51] बादशाह ने पुनश्च एक बार वीरशाह को बुलाने मुहम्मद बादल गुर्जबरदार को भेजा। किन्तु वीरशाह खुद नहीं गया और उसने अपने न आने का कारण लिख भेजा।[52] अतः वीरशाह को हटाकर चाँदा का राज्य प्राप्त करने के नेकनाम के प्रयास विफल रहे। नेकनाम न तो देवगढ़ का राज्य पा सका और न चाँदा का राज्य ही प्राप्त कर

सका। मुगल शिविर में भी उसका जीवन दुखों से भरा रहा। 19 अप्रैल, 1703 को नेकनाम की बहन मोमीयानी बाई का निधन हो गया।[53] स्वयं नेकनाम माता के रोग से त्रस्त था। वह छह जून तक बीमार ही रहा और उसी दिन वह बादशाह के दर्शन कर सका।[54] इसके बाद उस पर बादशाह की कृपा हुई और 27 जून, 1704 ई. में उसका विवाह छत्रपति राजाराम की कन्या से हो गया। बादशाह ने खिलअत के वस्त्र, सजाया हुआ घोड़ा और एक हज़ार रुपयों की वस्तुएँ भेंट दीं।[55]

इस समय वीरशाह अपने राज्य में हो रहे विद्रोहों को कुचलने में व्यस्त था। सुरजागढ़ के क्षेत्र में साधो और मुला नामक विद्रोहियों ने उपद्रव किया। उसे राजा का सरदार तथा रिश्तेदार कोकशाह सड़माके ने कुचल दिया। अतः उसे सुरजागढ़ की जमींदारी दी गई। उसका मुख्य केन्द्र अहेरी में रहा।[56] वह भविष्य में भी चाँदा राज्य की सेवा करता रहा। उसने भण्डारा जिले में स्थित चीचगढ़ की जमींदारी नरसिंह ठाकुर नामक हलबी सरदारों ने 500 घोड़ों के सरंजाम के साथ दी [57] तथा अपने राजघराने के मेनाई गोंनि नामक महिला को चिमूर का मुकासा दिया जिसकी वार्षिक आय पाँच हज़ार रुपए थी।[58]

वीरशाह के दामाद दुर्गशाह की मृत्यु की भी एक कथा बताई जाती है। इस दामाद ने वीरशाह की कन्या का अपमान किया तथा इसका प्रतिशोध लेने हेतु वीरशाह ने उसे मारकर उसका सिर महाकाली को अर्पण किया।[59] किन्तु वीरशाह उस समय 28 वर्ष का था और उसकी उम्र को देखते हुए यह कथा असम्भव सी लगती है।

वीरशाह की मृत्यु के विषय में विविध कहानियाँ प्रचलित हैं। बताया जाता है कि वीरशाह की प्रथम पत्नी गंगा बाई से उसे पुत्र नहीं था इसलिए वह दूसरा विवाह करने जा रहा था। तब उसके अंगरक्षक हिरामन ने विवाह के पूर्व देव स्थापना के समय उसकी हत्या कर दी।[60] इस हत्या के पीछे बख्तबुलन्द का हाथ था।[61] किन्तु इसके पीछे वीरशाह की सतत बुराई करने वाले चाँदा के कनिष्ठ राजपुत्र नेकनाम का भी हाथ हो सकता था। वीरशाह की प्रथम पत्नी भी उसके द्वितीय विवाह से असन्तुष्ट रही होगी, अतः इस हत्या के विषय में किसी एक को दोष देना उचित नहीं होगा।

वीरशाह के हत्यारे हिरामन को चीचगढ़ (भंडारा) के जमींदार नरसिंह ठाकुर ने तत्काल मार डाला।[62] अतः इस हत्या की पूरी जाँच पड़ताल न हो सकी। किन्तु वीरशाह की आकस्मिक मृत्यु से राज्य में पठानों ने विद्रोह कर दिया और बीरसिंह की पत्नी गंगाई ने चन्दन खेड़ा के गोयजी का पुत्र गोद लेकर अपनी सत्ता कायम

रखी। उपद्रव का फायदा उठाकर बख्तबुलन्द ने उमरेड़ का परगना अपने कब्जे में कर लिया।[63] किन्तु नेकनाम का उपद्रव जारी रहा और गंगाई को उसके खिलाफ सख्त उपाय करने पड़े। इस प्रकार निष्ठापूर्वक मुगलों की सेवा करने पर भी वीरशाह का युवावस्था में ही दुखद निधन हुआ और चाँदा राज्य पतन की ओर जाने लगा।

सन्दर्भ

1. औरंग. चन्द्र. फो. 98 अ.
2. राजुरकर, पृ. 150
3. औरंग. चन्द्र. फो. 98 अ-ब
4. राजुरकर, पृ. 150
5. लाहौरी, भाग 1, खंड 2, पृ. 110-116. काजविनी फो. 357-59 ब
6. सी. यू. विल्स. *द राजगोंड महाराजाज़् ऑफ़ सतपुड़ा हिल्स*, पृ. 141
7. लाहौरी, भाग 2, पृ. 197
8. *अदब-ए-आलमगीरी*, पृ. 44, 45, 59, 151, 153, विल्स, पु. 147-148, 151, 153
9. जदुनाथ सरकार, *हिस्ट्री ऑफ़ औरंगजेब*, खंड 5, पृ. 191-94, *मासिर उल उमरा*, भाग 3, पृ. 493-500
10. विल्स, पृ. 147, 148, 151, 153
11. पुरन्दरे, *राजा शिव छत्रपति*, पृ. 285
12. *पगड़ी, मुगल-मराठा संघर्ष*, पृ. 91-92
13. वही, *राजा जयसिंह आणि शिवाजी*, पृ. 139, एकाणख कलमी बखर कलम 55-54 खाफीखान, 2, 219
14. राजस्थानी, रिकार्ड, 56
15. *आलमगीरनामा*, पृ. 1022-1027, *मासिरे आलमगीरी*, पृ. 59-63, *पगड़ी, मोगल-मराठा संघर्ष*, पृ. 16
16. अख. 16 अक्टूबर 1667
17. *मासिरे आलमगीरी*, पृ. 215, 238, 250, जदुनाथ सरकार, *हिस्ट्री ऑफ औरंगजेब*, खंड 5, पृ. 312
18. *पगड़ी, मराठे व औरंगजेब*, पृ. 29
19. अख. 24 दिसंबर. 1681
20. गोखले, कमल, शिवपुत्र सँभाजी
21. अख. 5 जून, 1683
22. वही, 21 मार्च, 1683
23. अ. ज. राजुरकर, पृ. 135, बेग्बी, चाँदा, पृ. 467-471-72

24. जदुनाथ सरकार, *हिस्ट्री ऑफ औरंगजेब*, खंड 5, पृ. 312, औरंग, चन्द्र. फो. 97 ब-99 अ, के अनुसार कृष्ण सिंह ने रामसिंह को मार डाला
25. अख. 29 जुलाई 1684
26. *मासिरी आलमगीरी*, पृ. 216, 239, 250, *पगड़ी, मासिरे आलमगीरी* (अनु.) पृ. 29
27. अख. 1 जन., 1685
28. वही, 1 अप्रैल, 1693
29. *पगड़ी, मोगल-मराठा संघर्ष*, पृ. 122, *पगड़ी, हिन्दवी स्वराज्य आणि मोगल*, पृ. 152-53
30. जदुनाथ सरकार, *हिस्ट्री ऑफ औरंगजेब*, खंड 5, पृ. 25-26
31. अख. 17 व 26 मार्च, 1694
32. वही, 17 अप्रैल मई 1694, *पगडी, मुगल दरबार ची बातमी पत्रे*, खंड 1, पृ. 56
33. *पगड़ी, मोगल-मराठा संघर्ष*, पृ. 122, 125
34. अख. 5 अप्रैल, 1694
35. वही, 13 मई 1694, *मुगल दरबारची बातमी पत्रे*, पृ. 63, राजुरकर, पृ. 172, तारीख 1695 चाहिए
36. वही, 13 मई, 1694, अवकाश मिलकर सब कार्य करने और पत्राचार को कम से कम एक वर्ष चाहिए, अतः इस अखबार की तारीख 13 मई, 1695 होना चाहिए।
37. वही, 9 अप्रैल, 1696
38. वही, 15 अप्रैल, 1696
39. वही, 22 अगस्त, 1696
40. वही, *पगड़ी, मोगल-मराठा संघर्ष*, पृ. 122-125
41. वही, 22 अगस्त, 1696
42. वही, 22 अगस्त, 1696
43. वही, 5 जुलाई, 1694, *मासिर-ए-आलमगीरी*, पृ. 404, इस समय वीरशाह शाही शिविर में न होकर चाँदा में ही था अन्यथा पत्र लिखने का कारण नहीं था। राजुरकर ने शाही शिविर में होने की बात लिखी है। पृ. 182
44. वही, 3 फरवरी, 1700
45. वही, 25 अगस्त, 1700
46. वही, 27 अगस्त, 1700
47. वही, 28 अगस्त, 1700
48. वही, 16 मार्च, 1701
49. वही, 2 अगस्त, 1701
50. वही, 21 अगस्त, 1701
51. वही, 27 अप्रैल, 1701, जदुनाथ सरकार ने 27 तारीख को वीरशाह शाही शिविर में पहुँचने की बात लिखी है। औरंग, खंड 5, पृ. 313
52. वही, 11, 13 अगस्त, 1703 पृ., *पगड़ी, मोगल दरबारची बातमी पत्रे*, खंड 3, पृ. 211, 243, 249

53. वही, 11 अक्टूबर, 1703, पृ. 273, 26 अक्टूबर, 1703, पृ. 117, 27 सितम्बर, 1704, पृ. 426, 27 सितम्बर, 1704 पृ. 426
54. वही, 19 अप्रैल, 18 जून, 1703, पृ. 69, 275
55. वही, 6 जून, 1703, पृ. 97
56. वही, 27, जनवरी, 1704, पु. 293
57. भंडारा गजेटियर, पृ. 197
58. औरंग. स चन्द्र., फो 52 अ.
59. राजुरकर, पृ. 182-83
60. वही, पृ. 184
61. औरंग. चन्द्र. फो. 106 ब-107 अ
62. राजुरकर, पृ. 185-86
63. वही, पृ. 185, औरंग. चन्द्र. फो. 1 अ 3 ब

5

चाँदा राज्य का अन्त

राजमाता गंगाबाई (1704-1719)

वीरशाह की हत्या के उपरान्त उसकी पत्नी गंगाबाई ने चन्दनखेड़ा स्थित अपने देवर गोविन्दशाह के तीन वर्ष के पुत्र को गोद लिया। उसका नाम उसने अपने पूर्वजों के नाम पर रामशाह रखा। राजमाता गंगाबाई ने राज्य के दीवान बापूजी वैद्य की मदद से राज्य की व्यवस्था की।[1]

राजा वीरशाह ने अपने दामाद दुर्गशाह का वध किया था इसके स्मरणार्थ गंगाबाई ने दुर्गशाह का मस्तक महाकाली देवी को अर्पण किया और उसके मन्दिर का जीर्णोद्धार किया तथा वीरशाह की समाधि बनाई।[2]

1706 में बख्तबुलन्द की मृत्यु तथा 1710 में परसोजी की मृत्यु तथा मराठों के गृहयुद्ध के कारण चाँदा को स्वतन्त्रता से श्वास लेने का अवसर मिला। चाँदा की सेना ने मालोजी नेमाजी शिन्दे की मदद से देवगढ़ को मुगल जमींदार नेकनाम उर्फ कान सिंह को कैद कर दिया।[3] किन्तु नेकनाम एक महीने में मालोजी शिन्दे की हत्या कर कैद से भाग गया।[4] कुछ वर्ष तक अशान्ति बनी रही किन्तु गृहयुद्ध समाप्त होते ही राजा शाहु ने चाँदा की ओर ध्यान दिया।

1714 के प्रारम्भ में सेनापति सुलतानजी निम्बालकर और बिसाजी रघुनाथ ने चाँदा पर आक्रमण कर चाँदा के दीवान पोरसा को पराजित किया और चाँदा का राज्य मराठों का करद बन गया।[5] मराठा सेना उत्तर की ओर मुड़कर इनायतपुर लूटकर गढ़ा राज्य के सलवानी-बलवानी जाने का विचार करने लगी।[6] दूसरे वर्ष शामराव पिलाजी को चाँदा की रानी से चर्चा करने भेजा गया। चाँदा के राजा, राजमाता तथा दीवान को तुर्रा और वस्त्र देने की सुलतानजी को आज्ञा की गई। कान्होजी भोंसले को सुलतानजी की मदद करने का निर्देश मिला। पेशवा

बालाजी विश्वनाथ तथा सेनापति खंडेराव दाभाड़े को चाँदा में दखल से परहेज करने की आज्ञा दी गई।[7] किन्तु इससे मराठे हटाए नहीं जा सके। उन्हें हटाने के लिए शाही सेना को आदेश दिया गया। चाँदा में 'मराठा आवारा' होने का वृत्त है। मुगल मंसबदार मानसिंह जाधव ने तोपखाना के साथ सेना लेकर माहुर तथा माणिकगढ़ का किला जीत लिया, किन्तु सम्पूर्ण राज्य वीरान होने से उसे पीछे हटना पड़ा।[8]

चाँदा राज्य पर परसोजी भोंसले ने आक्रमण किया था, अतः उसके पुत्र कान्होजी को भी इस राज्य में रुचि थी। 10 मई, 1715 को जयपुर के राजा ने पिलसूद की लड़ाई में कान्होजी भोंसले को पराजित किया। उत्तर दिशा के मार्ग से प्रबल बाधा उपस्थित होने से कान्होजी ने चाँदा के बारे में गम्भीरता से विचार किया। उसकी पत्नी अम्बिकाबाई की मृत्यु और पुत्र रायाजी के जन्म के कारण वह एक वर्ष के लिए कुछ न कर सका।[9] उसने गढ़ा मंडला अपने चचेरे भाई सन्ताजी भोंसले को सौंप दिया।[10] और छह हज़ार घुड़सवारों की सेना के साथ चाँदा पर आक्रमण किया। उसने चाँदा को परास्त कर आधा राज्य हस्तगत किया। छत्रपति शाहु को एक हाथी भेंट के रूप में भेजकर वह उत्तर की ओर मुड़ा तथा भंडारा जिले के माड़गी ग्राम में मुकाम किया।[11] वहाँ से उसने गढ़ा मंडला पर आक्रमण करने की योजना बनाई।[12] कान्होजी से मुकाबला करने के स्थान पर छत्रपतिशाह से चर्चा करना ही राजमाता गंगाबाई ने उचित माना। एक लाख पेशकश और वार्षिक 10 हज़ार सरदेशमुखी देने के आश्वासन पर उसने अपना राज्य वापस प्राप्त किया किन्तु यह मामूली कर भी चाँदा ने पूरी तरह नहीं चुकाया। प्रथम वर्ष चाँदा ने 65 हज़ार रुपए दिया, तब मराठा वकील बाजीराव महादेव ने पाँच हज़ार रुपयों की छूट दी।[13]

छत्रपति शाहु ने मुगलों के वजीर सय्यद बन्धुओं से जब चर्चा की तब उसने चाँदा को स्वराज्य में अर्थात् मुगल व्याख्या के अनुसार वतन में शामिल करने का प्रयास किया। किन्तु पेशवा बालाजी विश्वनाथ को इसमें सफलता नहीं मिली।[14]

राजमाता गंगाबाई के राज्यकाल का महत्त्व इसलिए है कि उसके समय हिन्दू धर्म में नए प्राण डालने का प्रयास हुआ। उसने महाकाली मन्दिर, अचलेश्वर मन्दिर, गणपति मन्दिर का जीर्णोद्धार किया। उसके दीवान बापूजी ने महादेव का मन्दिर तथा राम मन्दिर बनाया। गंगाबाई के राज्यकाल में चैत्र पूर्णिमा को महाकाली यात्रा, मार्कण्डेश्वर की यात्रा प्रारम्भ की गई। तभी इससे धार्मिक स्थिति

के साथ राज्य की आर्थिक स्थिति सुधरने में भी मदद हुई होगी। उसने मानिकगढ़ दुर्ग की भी मरम्मत करवाई किन्तु वह मराठों के बढ़ते आक्रमण को वह रोक न सकी।

राजा रामशाह द्वितीय (1719-1735)

रामशाह के वयस्क होने पर राजमाता गंगाबाई ने 1719 में राज्य का कार्य उसे सौंप दिया। मुगल बादशाह मुहम्मद शाह ने उसे मान्यता भी दी।[15] सय्यद बन्धुओं द्वारा छत्रपति शाहु को चौथाई, सरदेशमुखी की सनद दिए जाने के बाद छत्रपति शाहु ने चाँदा से चौथाई वसूल करने का प्रयास किया। यह काम छत्रपति के पालित पुत्र फत्तेसिंग भोंसले को दिया गया, किन्तु वह विफल सिद्ध हुआ। तब छत्रपति ने युवा पेशवा बाजीराव को यह काम सौंपा किन्तु उसे अपनी व्यस्तता के कारण समय नहीं मिल पाया। अन्ततः पुनः कान्होजी को चाँदा का राज्य सौंपा गया। उसने घासदाना के नाम पर कुछ राशि वसूल की। अन्तिम प्रयास के रूप में कान्होजी ने चाँदा पर आक्रमण किया। उसने ढाई हज़ार सेना के साथ शहर में प्रवेश भी किया। किन्तु रामशाह की सेना ने घमासान युद्ध कर मराठों को जोरदार टक्कर दी और उसे शहर से बाहर निकाल दिया। रामबाग की लड़ाई में कान्होजी की पराजय हुई और चाँदा की सेना ने वर्धा नदी तक उसका पीछा किया।[16] चाँदा का राज्य पूर्णतः स्वतन्त्र हो गया। कान्होजी मानने लगा कि शाहु की ढुलमुल नीति के कारण मराठों का पराभव हुआ है और वह शाहु से विरक्त हो गया। चाँदा राज्य पर किसी के एकाधिकार को रोकना शाहु का मकसद हो सकता है किन्तु इससे मराठा राज्य में फूट पड़ी। किन्तु मराठों से उबरते ही चाँदा पर दूसरा संकट आया। पालखेड़ अभियान के बाद, निजाम ने क्षतिपूर्ति के लिए ईशान की ओर अभियान किया। उसने रामगढ़ के पास गोदावरी पार कर कवालगढ़ पर विजय प्राप्त की। दूसरी एक सेना ने व्यंकटरावपेठ और धर्मरावपेठ और अन्य दो तीन दुर्ग पर विजय प्राप्त की। निजाम की सेना ने नासिरजंग के नेतृत्व में अंतुर और माणिकदुर्ग पर विजय प्राप्त की। निजाम की विजय से चाँदा का राजा भयभीत हो गया और उसने पान सुपारी के बहाने माणिकदुर्ग, सिरपुर, वीरशाहपेठ, पाटणबोरी, जुनगाँव, तुरुक, चाँदा, उटणूर, सिरकुंडा, कवाल कायेर, रावेगाँव, बेठाभादी और वडुरपेठ के महाल निजाम को सौंप दिए (20 नवम्बर 1728)।[17] इधर कान्होजी द्वारा विद्रोह किए जाने के कारण रघुजी ने उसे मन्दर सिरपुर के

पास पकड़ा और कैद करके सातारा भेज दिया।[18] इस पर रघुजी ने रामशाह से भेंट की। दोनों ने शिष्टाचारपूर्वक एक-दूसरे का स्वागत किया और रामशाह ने मराठा राज्य की अपनी पहले जैसी करद स्थिति मान्य की और कर की जो राशि पहले तय की गई थी उसे चुकाया।[19]

कान्होजी के विद्रोह से मराठा राज्य में फूट पड़ गई। इससे चाँदा राज्य को अच्छा अवसर प्राप्त हुआ। कान्होजी को परास्त कर उसने अपनी शक्ति का अच्छा परिचय दिया था किन्तु रामशाह रघुजी का मुकाबला करने का सोच तक नहीं सका और उसने मराठों से स्वतन्त्र होने का स्वर्णिम अवसर खो दिया। मराठों की पराजय होने पर तथा उनमें फूट पड़ने पर भी युद्ध का उनका तरीका चाँदा से श्रेष्ठ था। राजनीति तथा कूटनीति में उनका शायद ही कोई मुकाबला कर सकता था। अतः चाँदा के राज्य को अपनी अधीनस्थ स्थिति से ही सन्तोष करना पड़ा।[20]

नीलकंठशाह (1735-1751)

नीलकंठशाह 1735 में सिंहासनारूढ़ हुआ। उसके पूर्व ही चाँदा का राज्य मराठों का करद हो चुका था।[21] छत्रपतिशाह ने कान्होजी के भतीजे रघुजी प्रथम को सेनासाहेब सुभा नियुक्त किया। इस समय कान्होजी चाँदा के मराठा राजस्व का आधा हिस्सेदार था। 19 अगस्त 1733 को उसे हटाकर इस आधे हिस्से के शाहु, रघुजी और राणोजी के नाम तीन हिस्से किए गए। 15 जून, 1736 को छत्रपति का सरंजाम रघुजी को सौंपा गया। एक वर्ष के बाद उसके जकात की आय भी उसे सौंपी गई। 1734 से श्रीनिवास परशुराम प्रतिनिधि को सरदेशमुखी सौंपी गई, किन्तु राजा के लिखे चेतावनी भरे अनेक पत्रों से स्पष्ट होता है कि मराठों का अधिकार पक्का नहीं था।[22]

नीलकंठशाह भी दुर्बल था। 1735 से सिरपुर (वणी) के मोकासदार कन्ना के सातदेवे बन्धु थे जिनके नाम आगबा, बागबा और राघवा थे। नीलकंठशाह ने उन्हें कुचलने तक का निश्चय किया। कन्ना के बन्धुओं ने उसके आक्रमण का मुकाबला किया। राघवा घुग्गुस की लड़ाई में मारा गया। दूसरा भाई आगबा वरोड़ा की लड़ाई में मारा गया। अन्ततः बागबा ने वर्धा नदी पार कर शिरपुर में आश्रय लिया। किन्तु पराजय अटल देखकर उसने अपने परिवार के साथ शिरपुर के पहाड़ों की एक गुफा में आत्महत्या कर ली। किन्तु इस हत्याकाण्ड से[23] चाँदा का

राज्य प्रबल नहीं हो सका। घुग्गुस की लड़ाई किस प्रकार जनचेतना में सुरक्षित है और कितनी मार्मिकता से यह गाया जाता है यह घुग्गुस की लड़ाई के पोवाड़े से प्रतीत होता है। यह पोवाड़ा चाँदा के इलाक़े में प्रचलित है। मूल मराठी पोवाड़ा हिन्दी अनुवाद सहित परिशिष्ट-दो में दिया गया है।

1741 में पेशवा बालाजी बाजीराव ने चाँदा-देवगढ़ मार्ग से मंडला पर आक्रमण किया। मंडला उन दिनों गढ़ा के गोंड राज्य की राजधानी था और उस समय वहाँ नरेन्द्रशाह का उत्तराधिकारी महाराजशाह शासक था। चाँदा में इस आक्रमण का कोई विरोध नहीं हुआ।[24] 1742 में गडबोरी परगना के देशपाण्डे सेमाजी उर्फ शंकर ढुमें की मृत्यु हो गई। उसके पुत्र नारायण के नाम से सेमाजी ने 1734 में गड़बोरी का तथा 1735 में नवरगाँव का देशपाण्डे वतन प्राप्त किया था। अब अल्पवयी नारायण को उसके ससुर बोकाट सावकार तथा कारभारी बगाजी धारूरकर के प्रभाव से सिरपुर वणी परगणे के 198 गाँवों के सरमुकद्दम की तथा भान्दक वरोड़ा परगने की 141 गाँवों की सनद दी गई।[25] उसने अनेक ब्राह्मणों को राज्याश्रय भी दिया।

किन्तु राज्य की असली सत्ता नीलकंठशाह के रक्षापुत्र गणेश ठाकुर ने हस्तगत की। उसने पुराने दीवान तिमाजी सखदेव को पदच्युत किया और मराठा कमाविसदार महादेव वैद्य पठान सैनिकों से हुए विवाद में मारा गया। तिमाजी सुखदेव ने रघुजी को आमन्त्रित कर उसको नीलकंठशाह से भेंट करवाई। दोनों ने गणेश ठाकुर को नियन्त्रित किया। रघुजी ने महादजी केशव को चाँदा का सूबेदार नियुक्त किया तथा शिवाजी केशव टालकुटे को चार हज़ार सैनिकों के साथ शान्ति तथा सुव्यवस्था स्थापित करने के लिए रखा। चाँदा के दुर्गरक्षक पद पर रहीमदाद खान को नियुक्त कर उसे भान्दक की जागीर दी गई।[26] मराठों की यह व्यवस्था 5 वर्ष तक टिकी रही। 5 जून, 1749 को रघुजी ने मराठों का हिस्सा 66 प्रतिशत कर नीलकंठशाह को लगभग निवृत्त कर दिया।[27]

1750 में रघुजी छत्रपति रामराजा के सत्ता संघर्ष में व्यस्त रहा। तब चाँदा में गोंड खंडाईत पठान आदि असन्तुष्ट लोगों ने विद्रोह किया। विद्रोहियों ने दुर्गरक्षक रहीमदाद खान की हत्या की। दोनों मराठा अधिकारी गोलीबारी की आवाज सुनते ही भाग खड़े हुए।[28] सितम्बर 1750 तक रघुजी पुणें से नहीं निकल सका किन्तु चाँदा आते ही उसने पूरी ताकत से घेरा डाला। चाँदा के रक्षकों ने रोज 100-200 सैनिकों की कुर्बानी दी किन्तु रघुजी का मुकाबला करना उनके लिए सम्भव नहीं था। अपुष्ट 'कैफियत बल्लालपुर' के अनुसार रघुजी ने

नीलकंठशाह को चर्चा हेतु आमन्त्रित किया और उसे कैद कर लिया।[29] 1 जनवरी, 1751 को मराठों ने चाँदा पर विजय प्राप्त कर ली।[30] नीलकंठशाह को पेंशन देकर बल्लालपुर में रखा गया। उसकी गुजर-बसर हेतु 50 हज़ार का ऋण दिया गया। बाकी सम्पूर्ण प्रदेश दुर्गसहित खालसा में ले लिया गया।[31] विद्रोहियों के नेता केशव तथा बलवन्त बड़वाईक को नागपुर कारावास में रखा गया और चाँदा प्रान्त की व्यवस्था हेतु कृष्णाजी नारायण को सूबेदार नियुक्त किया गया।[32]

चाँदा की पराजय और मराठों की विजय के कारणों का विश्लेषण पहले किया गया है। रामशाह ने जो गलतियाँ की उसे सुधारे बिना नीलकंठशाह ने उसे दुहराया अतः उसके परिणाम पहले से अधिक गम्भीर रहे और चाँदा का राज्य ही समाप्त हो गया।

उपसंहार

जब चाँदा पर मराठों का अधिकार हो गया तब नीलकंठशाह स्वभावतः असन्तुष्ट हो गया किन्तु रघुजी के प्रचण्ड तेज के आगे उसकी एक न चली। अतः वह मन मारकर उपयुक्त अवसर की प्रतीक्षा करने लगा। किन्तु यह अवसर उसके जीवन में कभी नहीं आया। 1765 के आसपास उसकी मृत्यु हो गई। उसका पुत्र बल्लालशाह भी असन्तुष्ट था।[33]

1772 में जानोजी भोंसले की मृत्यु पर नागपुर राज्य में गृहयुद्ध प्रारम्भ हो गया। इस अवसर का लाभ उठाकर बलालशाह ने चाँदा माणिकगढ़ लेने के विचार से गोंडों को एकत्र किया किन्तु उनके दीवान चिमाजी साहू और गणेशराय पासवान ने चाँदा के सूबेदार महिपतराव को सूचना दे दी। महिपतराव रातोंरात बक्षी सहित बल्लालपुर गया, किन्तु बलालशाह पलायन कर गया था। महिपतराव ने बलालशाह का लगातार पीछा कर दूसरी मंजिल पर घाटकुल परगना के गणपुर में बलालशाह को जा पकड़ा। वहाँ एक घमासान लड़ाई हुई किन्तु गौड़ सेना भाग गई। बलालशाह को कैद कर लिया गया और उसे चाँदा लाया गया।[34] उसे 1789 तक कैद रखा गया। 1788 में द्वितीय रघुजी के सत्तारूढ़ होने पर बलालशाह को मासिक 50 रु. पेंशन दी गई और नागपुर से चाँदा जाने की अनुमति दी गई। यह पेंशन बलालशाह के पुत्र रामशाह को 1820 तक मिली।[35] इस वंश का यादव शाह आत्राम 1982 में मध्यम वर्गीय स्थिति में था और उस समय उसकी आयु 65 साल की थी।[36]

सन्दर्भ

1. औरंग. चन्द्र फो. 99 अ, राजुरकर, पृ. 186
2. वही, पृ. 186-87
3. शाहु दफ्तर, अ 26209
4. अख. 19 मार्च, 1711
5. शाहु दफ़्तर, अ 25372
6. पेशवा दफ़्तर, खंड 20, पृ. 1 ले
7. अति. अख. मई 1714
8. *इतिहास संग्रह, पेशवा दफ्तरासील सनद पत्रातील माहिती,* संपा.द.ल. पारसनीस, पृ. 14 ले. 20
9. अति. अख. पृ. 33
10. महाजन द.ब (सम्पा.) *सिंदखेडकर जाधव धराण्याची बखर,* पृ. 78-79
11. शाहु दफ़्तर, अ 15493 तुमसर रेलवे स्टेशन से तीन मील पूर्व
12. पेशवा दफ़्तर, खंड 30, पृ. 30 से, पृ. 370 ले 344
13. शाहु दफ़्तर, अ 10301, 25774
14. वही, अ 70388, ऐति. पत्र, पृ. 8 ले. 6
15. मेजर लुसी स्मिथ, *सेटलमेंट रिपोर्ट ऑफ़ चाँदा डिस्ट्रिक्ट,* पृ. 50, राजुरकर, पृ. 201
16. राजुरकर, पृ. 203-205, परिशिष्ट, ब, पृ. 52-54
17. औरंग. चन्द्र, फा 95 अ-96 ब; *पगड़ी, स्टडीज इन मराठा हिस्ट्री,* खंड 2, पृ. 84 ले 23 पृ. 80 ले. 27
18. शाहु दफ़्तर, अ. 312, 20837 *पेशवा दफ़्तर,* खंड 30, पृ. 30 ले. 30, पृ. 370, ले. 352
19. राजुरकर पृ. 207
20. वही
21. शाहु दफ़्तर, अ 262-09, 266-58
22. वही, अ 68380
23. राजुरकर, पृ. 212-24
24. वही, खंड 6, पृ. 267-68 ले 160
25. वही, पृ. 208-212
26. वैद्य दफ़्तर खंड 4, 14 अगस्त, 1746, गुप्ते बखर, पृ. 54-55
27. इंडिया ऑफ़िस मराठी डाक्यूमेंट 35-36, फो. 83, ब 85 ब
28. पेशवा दफ़्तर, खंड 6, पृ. 63, ले. 72, गुप्ते बखर, पृ. 56
29. वैध दफ़्तर, खंड 4, 20 नवम्बर, 1746 शुद्ध तारीख 5 दिसम्बर, 1750 चाहिए।
30. औरंग. चन्द्र, फो. 107

31. इंडिया ऑफ़िस मराठी डाक्युमेंट 35-36 फो. 85 ब 86 ब वैध दफ़्तर खंड 4, 23 जन. 1748 शुद्ध तारीख 1751 चाहिए।
32. गुप्ते बखर, पृ. 58
33. औरंग. चन्द्र, फो. 107 ब
34. वही, 107 ब गुप्ते बखर पृ. 103-04
35. वही, 103 ब, 130 ब
36. राजुरकर, अर्पण पत्रिका

6

चाँदा के प्रशासन का विकास

चाँदा का राजनीतिक भूगोल

चाँदा राज्य को लम्बे समय तक वर्तमान चन्द्रपुर जिले के समकक्ष माना जाता रहा है किन्तु यह पूरी तरह सच नहीं है। चाँदा राज्य का पूर्व भाग अब गढ़चिरोली जिले में है। उसके दक्षिण के माहूर, शिरपुर, जुनगाँव प्रदेश अब आन्ध्रप्रदेश के आदिलाबाद जिले में हैं, जो 1728 के आसपास निजाम-उल-मुल्क के पुत्र नासिरजंग ने पान-सुपारी के बहाने लिए थे। इसके पूर्व देवगढ़ के राजा बख्तबुलन्द ने वीरशाह की हत्या करवाकर नरखेड़ का क्षेत्र छीन लिया था।[1] शायद इसी समय पवनी, प्रतापगढ़ भी चाँदा के राज्य ने खो दिया था। पूर्वोत्तर कोने में चौकी, कोरबा, पानाबारस आदि प्रदेश छत्तीसगढ़ के बस्तर जिले में है।[2]

चाँदा राज्य की विशेषता यह है कि उसका एक सीध में विभाजन बैनगंगा नदी के प्रवाह ने किया है। प्रवाह के पूर्व में चाँदा राज्य के जमींदार थे और पश्चिम में चाँदा राज्य का खालसा प्रदेश था। उस के वायव्य में कोईली समाज का एक प्रदेश है जो राज्य का प्रमुख आधार बना था, किन्तु जिसके पास राज्य का कोई भाग नहीं था।

राजत्व

चाँदा राज्य के राजघराने की विशेषता यह है कि इस घराने ने किसी सूर्यवंश, चन्द्रवंश से अपनी वंशावली जोड़ने का प्रयास नहीं किया। इसने अग्निकुल का होने का भी दावा नहीं किया। इसने अपनी गोंड जमींदारी का उद्गम छिपा कर नहीं रखा। इतना ही नहीं, आठ पीढ़ियों तक इस राजवंश में राजत्व की उपाधि

तक धारण नहीं की, जबकि वे राजपूत परम्परा अनुसार 'सिंह' कहे जाते थे।

सुरजा बल्लाल सिंह वह प्रथम व्यक्ति था जिसने शेरशाह की उपाधि धारण की जो प्रगटतः सल्तनत काल का प्रभाव था।[3] शाह की उपाधि का प्रयोग इस घराने के अन्त तक किया गया किन्तु बहमनशाही के पतन से चाँदा राज्य के हिन्दू प्रभाव को अवसर मिला और चाँदा के राजाओं को मन्दिर की स्थापना और यज्ञ करने को प्रवृत्त किया।[4] इसका सबसे बड़ा प्रमाण यह है कि इस घराने ने मुगल बादशाह औरंगजेब की सेवा में रहते हुए भी स्वार्थवश इस्लाम स्वीकार नहीं किया, जैसा कि देवगढ़ के राजाओं ने किया था। इस काल के कोई स्थानीय अभिलेख तो उपलब्ध नहीं हैं, किन्तु अठारहवीं सदी के अभिलेखों में इस गौंड जाति के राजघराने ने राजेश्री महाराजाधिराज जी भूपतिराय की उपाधि धारण की थी। यहाँ प्रमाणित होता है कि सम्भवतः यह उपाधि काफी लम्बे समय से प्रयोग की जाती रही होगी। इससे इस राजवंश के राजत्व की कल्पना का संकेत मिलता है। इन उपाधियों में से एक उपाधि 'भूपतिराय' अथवा भूपतिराज थी जो गौंड राजा के जमीन से जुड़े रहने की ओर उसके स्वामित्व का दावा प्रस्तुत करने का प्रबल संकेत है। गौंड राजा अपने राजकीय कार्य में मराठी भाषा और शक संवतादि काल गणना का उपयोग करते थे।[5]

गोंड राजघराना दैवी मूल का दावा भी नहीं करता और न ऊँचे और प्राचीन घराने से अपना सम्बन्ध जोड़ता है। इसका मुख्य कारण यह है कि उनके राजत्व को एक बड़ी मर्यादा का पालन करना पड़ता था। इस मर्यादा का पालन बैनगंगा नदी से पूर्व में स्थित 15 गोंड जमींदारों को करना पड़ता था। ये उनकी जाति से सम्बन्धित थे और इनमें से कुछ आत्राम घराने के होने से राजघराने में गोद आ सकते थे। अतएव चाँदा राजवंश को राजत्व के लिए जातीय और सामाजिक सत्ता सन्तुलन पर निर्भर रहना पड़ता था।

रानियाँ-राजमाता

चाँदा के राजघराने में रानियों का बहुत महत्त्व था। चाँदा के राजघराने में बहुपत्नी प्रथा होते हुए भी कुछ रानियाँ अन्य रानियों से अधिक प्रभावशाली दृष्टिगोचर होती हैं। उदाहरण के लिए खंडक्या बल्लालशाह की पत्नी हिरतानी पर्याप्त प्रभावशाली थी। उसने अपने पति को निरोग बनाने के लिए उसे शिकार का शौक लगाया। उसने उससे अचलेश्वर मन्दिर तथा नगरकोट का काम करवाया।[6] राजा

हीरशाह की पत्नी हिराई ने अकबा, लोकबा बन्धुओं को गोद लेकर वाकाटक राजमर्हिषी प्रभावती गुप्ता के समान राज्य की व्यवस्था सँभाली। राज्य को हिन्दू धर्म की विचारधारा में लाने का श्रेय उसी रानी को है।[7] बीरशाह की प्रथम पत्नी गंगाई ने भी राजशाह को गोद लेकर 1704 से 1719 तक सफलता से राज्य चलाया। उसका प्रभाव रामशाह के शेष राज्यकाल पर भी दिखता है। इस तरह चाँदा के राज्य में रानियों का स्थान महत्त्वपूर्ण था।[8]

जमींदार

चाँदा के राज्य में जमींदारों का महत्त्वपूर्ण स्थान था। उनकी संख्या 17 थी। इसमें आत्राम घराने के 3, मडावी घराने के 8, रायसिडाय तथा सुरपाल घराने के एक-एक जमींदार थे। इसके अतिरिक्त गायता गोंड और खटुलवार गोंड जाति के दो जमींदार थे। हलबा जाति के दो व्यक्तियों को भी जमींदार बनाया था। राजघराने से सम्बन्धित होने के कारण आतराम घराने के जमींदार महत्त्वपूर्ण थे। ये जमींदार राजा को नियमित टकोली देने और अपने क्षेत्र में कानून और सुव्यवस्था कायम रखते हुए आवश्यकता के समय राजा को सैन्य शक्ति की भी मदद करते थे।[9] राज्य के आपत्तिकाल में ये जमींदार विद्रोह कर राजा की मुश्किलें बढ़ाते थे।[10] इन्हें नियन्त्रित करने के लिए राजा ने कोईले किसान और तेलांगना के आर्य वैश्य समाज (कोमटी) को प्रोत्साहन दिया।[11]

दीवान

राज्य प्रशासन में दीवान का पद महत्त्वपूर्ण प्रतीत होता है, जो मुगल प्रभाव से आया होगा। नागय्या, पोरसा और तिमाजी सगदेव दो प्रमुख दीवान थे।[12] राजा का सलाहकार, राजस्व प्रशासन और कूटनीतिक सम्बन्धों में उसकी भूमिका महत्त्वपूर्ण थी।

देशमुख-सर मुकद्दम

देशमुख-सरमुकद्दम का पद सम्पूर्ण दक्खन में मिलता है। यह विशिष्ट क्षेत्र के मोकद्दम या पटेलों का प्रमुख माना जाता था, जिसका कार्यक्षेत्र सामान्यतः

परगना रहता था। इनाम की जमीन और राजस्व के विविध करों में उसका हिस्सा रहता था। सरमुकद्दमों में नारोजी सेमाजी ठुमे महत्त्वपूर्ण व्यक्ति था। इसे वर्णा-शिरपुर परगने के 198 गाँवों की तथा भान्दक-वरोड़ा परगने में 141 गाँवों की सरमुकद्दम पद भी सनद प्राप्त थी।[13]

तहसीलदार

पवनार स्थित मुगल फौजदार को तहसीलदार का अर्थात् चाँदा राज्य की कर वसूली का कार्य सौंपा गया था। इसकी ईमानदारी पर चाँदा का मुगलों से सम्बन्ध निर्भर था। उल्लेख मिलता है कि बिन्द्रावन नामक फौजदार को हटाकर अली मर्दानखान को नियुक्त किया गया था।[14]

कमाविसदार

कमाविसदार मराठा प्रशासन का महत्त्वपूर्ण नगरीय अधिकारी था। सुरेन्द्रनाथ सेन के पश्चात् स्टीवर्ट गार्डन ने इसका गहन अध्ययन किया है। इसके अनुसार कमावीसदार दो प्रकार के थे। एक तो मराठों के खालसा प्रदेश के राजस्व वसूली अधिकारी थे और दूसरे, अधीनस्थ राज्यों में नियुक्त राजस्व वसूली अधिकारी थे। अधिकारी अपने विशिष्ट कार्य के कारण राजस्व ही नहीं अपितु राजनीतिक और सैनिक महत्त्व के मामलों को भी प्रभावित कर सकते थे। मराठों ने महादेव वैद्य, बाजीराव महादेव आदि व्यक्तियों को इस पद पर नियुक्त किया, जिसका चाँदा की राजनीतिक स्थिति पर महत्त्वपूर्ण प्रभाव रहा।[15]

इन प्रशासकीय पदों के अतिरिक्त जाति पंचायत और ग्राम पंचायत का भी चाँदा के प्रशासन तथा नीति नियमों पर पर्याप्त प्रभाव था।

मोकासदार

हीरशाह (1497-1527) के काल से मोकासदार का उल्लेख मिलता है। जंगल काटकर कृषि योग्य जमीन की वृद्धि करना, चोर, डाकुओं का दमन करना तथा राजस्व वसूली करना मोकासदार के कर्तव्य थे। राजवंश के उत्तराधिकारी की पंक्ति में स्थित व्यक्ति के छोड़कर राजवंश के बाकी लोगों को इस पद पर नियुक्त

किया जाता था।[16] उत्तरकाल में मराठों का अनुकरण कर, मोकासदार का कमाविसदार में रूपान्तरण हो गया।

करारोपण

चाँदा राज्य के उत्तरकालीन अभिलेखों में निम्नलिखित करों का उल्लेख मिलता है। इन करों की समकालीन व्याख्या उपलब्ध नहीं है किन्तु ऐसा मराठा विश्वास है कि राज्य की परम्परा रक्षण की प्रवृत्ति देखते हुए मराठा राज्य की व्याख्या और मूल व्याख्या में बहुत अधिक फर्क नहीं होगा।

उबारी (राजकीय कर)

चाँदा राज्य के ज़मींन्दार में से अहेरी, सुर्जागढ़, भामरागढ़, विनेश्वर, कोपरनी, चुम्प्रोवा, मुलचोरा सोटेगाँव, पितल, चांडाला, पुलेवरसु, अम्बागढ़, मालेवाड़ा, जुटापापरा, बुरकुंडे फुल्ला पर किसी प्रकार की उबारी अर्थात् राजकीय कर नहीं लगता था। बाकी के जमींदारों को मराठा राज्य काल में 3424 रु. एक आना 9 कोई कर देना पड़ता था।[17]

भू-राजस्व

खालसा प्रदेश का प्रमुख कर भू-राजस्व था, उसे काली कहते थे। यह कर गाँव गन्ना 3 रुपए था।[18]

पांढरी - प्रति घर दो आने बस्ती की भूमि पर कर।
पाटणे - एक रुपया।
तोरण बरार - प्रति विवाह 8 रु.।
डाहाक - विवाह में पूर्वजों का कीर्ति गान करने के लिए एक आना वार्षिक।
मेरकुडो - एक कुडो उत्पादन पर 16 रु.।
वारकरी - एक रुपया।
बागायत वाडी - तीन पावले (बारा आने)।
मोखटे - आठ आने।
बगाड - आठ आने।

कपड़े की गोनी - चार रु.।

किराना गोनी - 4 रु. के गाड़ा आठ रु. के खाचर-चार रु.।

नमक बोरा - तीन आने।

गाड़ा - 8 आने।

खाचर - 4 आने - नमक उत्तर सरकार (विशाखापट्टनम) से आयात होता था, अतः यह आयात कर था।

बारई तांडा - एक आना खाने के पान के बगीचे पर।

सूत का ताना - एक आना प्रति मांगठा (कपड़ा बुनने का यन्त्र)।

भूसे की गोनी - दो आने।

जकात प्रति महाल - 25 रु.।

इन करों की वसूली के लिए सरमुकद्दम को 10 रुपए पेशकश देना पड़ता था। उसकी वसूली 40 रुपए रहती थी। सरदेशमुख को प्रान्तों गाँव एक आऊत (हल) की जमीन इनाम में मिलती थी। मराठों के प्रभाव से चौथाई और सरदेशमुखी की वसूली प्रारम्भ हो गई।[19]

टकसाल

चाँदा की टकसाल नागपुर की टकसाल के साथ ही अर्थात् 1730 में प्रारम्भ की गई थी।[20] यह तारीख रामशाह के राज्यकाल में आती थी। चाँदा के चाँदी के सिक्के सूरत के रुपए की नकल पर ढाले जाते थे। इसमें मात्र इतना फर्क रहता था कि उस पर सवा चार का चिह्न रहता था।[21] दुर्भाग्यवश ये प्रारम्भिक सिक्के उपलब्ध नहीं हैं। जो सिक्के उपलब्ध हैं वे मुहम्मदशाह के राज्यकाल के 27वें वर्ष के (1745-46) के, अर्थात् नीलकंठशाह के राज्यकाल के हैं। 1747 में रघुजी प्रथम ने नागपुर की टकसाल में सूरत रुपए की नकल करना मराठा काल में भी जारी रहा। इससे चाँदा टकसाल के रुपए की लोकप्रियता दिखती है। चाँदा की टकसाल शहर के मध्य में है जिसे अब मस्जिद बना दिया गया है।

कृषि और कृषि-जन्य व्यवसाय

चाँदा राज्य की कृषि में चावल की खेती सर्वोपरि थी, किन्तु उसका स्थानीय उपयोग पर्याप्त होने के कारण वह बाज़ार में नहीं आता था। राज्य की दूसरी

महत्त्वपूर्ण फसल कपास थी। इसके तीन प्रकार थे–जुड़ी, बाती और दबफनी। इसके मुख्य बाज़ार–चिमुर, चाँदा तथा बल्लालपुर थे। कपास से सम्बन्धित तीन प्रमुख व्यवसाय थे[22]–सूत बनाना, कपड़ा बनाना और उसे रंगना।

राज्य में कोष्टी, हलबे, सालेवार, परधान और महार जाति के लोग कपड़ा बुनते थे।[23] राज्य में रेशम नहीं होता था किन्तु धोती का किनारा रेशम का बनाया जाता था।[24] धोती सादी होने पर स्वयं की पूँजी से और महँगे कपड़े साहूकार की पूँजी पर बनाई जाती थी। उसका ब्याज प्रतिमाह प्रति सैकड़ा दोहोत्रा लिया जाता था।[25] धोती की कीमत एक रुपए से 10 रुपए तक पागोटे और सेले एक से पाँच रुपए तक, पातल (महिलाओं की धोती) रेशम किनारे की पाँच से दस रुपयों तक और सादा धोती दो रुपयों तक मिलती थी। सालेवारों द्वारा बनाई धोती जोड़ा आठ आने से दो रुपए तक और महार और परधान लोगों द्वारा बनाई धोती जोड़ी बारा आने से एक रुपए तक में मिलती थी।[26] ब्रह्मपुरी के डोरिया कपड़ा प्रसिद्ध थे।[27]

धातु व्यवसाय

चाँदा राज्य में लोहा, ताँबा, पीतल के बर्तन, उजनेरी, मांजे, आरमोरी, बैरागढ़ से लाए जाते थे और ताँबे, पीतल के बर्तन नेरी से लाए जाते थे।[28] चिमुर के भिसी कस्बे में भी ये चीजें नागपुर और नेरी से लाई जाती थीं। अष्ट सातोड में चन्द्रपुर और हिंगणघाट से बर्तन आते थे। भान्दक में भी इन्हीं गाँवों से बर्तन आते थे।[29] उपलब्ध प्रमाणों में लोहे की खान का उल्लेख नहीं है किन्तु एक संकेत उपलब्ध है, जिससे कहा जा सकता है कि बस्तर, उजनेरी, आरमोरी तथा बैरागढ़ क्षेत्र में लोहे की खानें रही होंगी, जहाँ से लोहे के बर्तन निर्यात होते थे।[30] वैरागढ़ हीरों की खान के लिए विख्यात था किन्तु चाँदा के गोंड राजाओं के समय से खान समाप्त हो चली थी।[31]

सन्दर्भ

1. औरंग. चन्द्र, फो. 95, अ 96 ब
2. *पगड़ी, स्टडीज इन मराठा हिस्ट्री,* खंड 2, पृष्ठ 4, ले 23, पृ. 86, ले. 27
3. औरंग. चन्द्र, फो. 1, अ - 3 ब

4. राजुरकर, पृष्ठ 121-122
5. वही, पृष्ठ 131-138, 150-153
6. वही, पृष्ठ 226-32
7. वही, पृष्ठ 123
8. औरंग, चन्द्र फो. 97 अ., राजुरकर, पृष्ठ 136-37
9. वही, 99, अ., राजुरकर, पृष्ठ 186
10. राजुरकर पृष्ठ, 132-34
11. अख. 17 अप्रैल-मई, 1694 *पगड़ी, मुगल दरबारची बातमी पत्रे,* खंड 1, पृष्ठ 56
12. राजुरकर, पृष्ठ 150, बेग्बी चाँदा, पृष्ठ 109-118
13. वही, 159, अख., 11 मार्च, 1711, शाहु दफ़्तर, अ 25372, गुप्ते बखर, पृष्ठ 54-55
14. वही, पृष्ठ 209-213
15. सुरेन्द्रनाथ सेन, *मराठा एडमिनिस्ट्रेशन,* पृष्ठ 252-258 स्टीवर्ट गार्डन, *द मराठाज,* पृष्ठ 140-42

    गुप्त बखर, पृष्ठ 58, शाहु दफ़्तर, अ, 10301, 25774, *पेशवा दफ्तर,* खंड 30, पृष्ठ 30, ले 30, पृष्ठ 370, ले. 243
16. औरंग. चन्द्र, फो. 52 अ, 75 ब
17. जे. पु. 138
18. राजुरकर, पृ. 228-30
19. वही
20. कुलकर्णी, पी. पी., *कॉइनेज ऑफ़ भोंसला ऑफ़ नागपुर,* पृ. 31. 204
21. वही
22. औरंग. चन्द्र, फो. 99 ब
23. वही, 59 अ-60 अ, 101 अ, 108 ब, 109 अ
24. वही, 43 अ-ब
25. वही, 43 अ. 58 ब
26. वही, 58 अ
27. वही, 43 ब
28. वही, 119 अ-ब
29. जेन्किन्स, खंड 1, पृष्ठ 46-47
30. औरंग. चन्द्र, फो. 101 अ
36. वही, 48 अ. 64 ब, 87 अ-124 अ
37. वही, 48 अ. 64 ब, 87 अ-124 अ
38. वही, 101 अ
39. *आइन-ए-अकबरी,* खंड 1, पृष्ठ 782

7

सांस्कृतिक गतिविधियाँ

लगभग पाँच शताब्दियों के आधिपत्य में गोंड राजाओं के चार प्रमुख केन्द्र रहे। सिरपुर, जुनोना, बल्लालपुर, चाँदा। इन स्थानों में गोंड काल के जो भवन हैं उनमें समकालीन मुगलों के समान उच्च कोटि की सामग्री और कला के दर्शन नहीं होते। इनकी इमारतें छोटी और उपयोगितावादी हैं। गोंड इमारतें अधिक सुन्दर क्यों नहीं हैं और उसमें प्रयुक्त सामग्री उत्कृष्ट क्यों नहीं हैं इसके कुछ कारण हैं। प्रथमतः गोंड राजा लगातार अधिक समय तक स्थिर नहीं हो पाए। कुछ शासकों को छोड़कर सदैव वे अपने अस्तित्व की रक्षा करने में व्यस्त रहे। दूसरे, जिस क्षेत्र पर उनका राज्य था, वह अधिक सम्पन्न नहीं था।

एक तथ्य यहाँ उल्लेखनीय है कि जिस प्रदेश पर इनका राज्य था, वहाँ सातवाहन, वाकाटक, चालुक्य, राष्ट्रकूट, यादवकाल की सम्पन्न वास्तुकला और शिल्पकला तथा मूर्तिकला विद्यमान थी, किन्तु आश्चर्य है कि गोंड इमारतों में यह परम्परा नहीं मिलती। इसका कारण यही है कि यादवों के पतन और गोंडों के उदय के मध्य लगभग दो शताब्दियों का अन्तराल रहा। अस्थिरता के इन दो सौ वर्षों में यादवों के समय की सम्पन्न सभ्यता लुप्त प्राय हो गई थी और उसके साथ ही उसकी सम्पन्न कला परम्परा भी समाप्त हो गई थी।

गोंड काल के भवनों में कुछ विशेषताएँ लगभग एक जैसी हैं–1. अनगढ़ पत्थरों का प्रयोग, 2. दीवारों पर गारे का प्लास्टर 3. मोटी दीवारें और, 4. चपटे गुम्बद।

बैरागढ़[1]

बाबाजी बल्लाल ने बैरागढ़ गाँव के पूर्व में एक दुर्ग बनवाया जो दस एकड़

भूमि में विस्तीर्ण है। दुर्ग के चारों ओर खन्दक है और परकोटे की ऊँचाई 15-20 फीट है। दुर्ग का प्रवेशद्वार दक्षिण में है। दुर्ग में प्रवेश के लिए तीन द्वार हैं, जिनमें से पहला द्वार परकोटा से जुड़ा है। इससे जाने पर दुर्ग का मुख्य प्रवेशद्वार दिखता है। इसके पास ही दुर्गरक्षक का निवास एवं कचहरी का चबूतरा है। दाईं ओर जीर्ण सीढ़ियों की बावड़ी है। बाईं ओर परकोटे के आधार पर केशवनाथ के मन्दिर के खंडहर हैं। मूर्ति की पुनः स्थापना गाँव में की गई है। दुर्ग की वायव्य दिशा में ईदगाह नामक पहाड़ी की तलहटी में हीरों की खदान है।

टीपागढ़[2]

गढ़चिरोली जिले में मुख्य गाँव के पास टीपागढ़ ग्राम और दुर्ग है। यह दुर्ग चाँदा से 150 किलोमीटर ईशान दिशा में तथा गढ़चिरोली से 70 किलोमीटर दूरी पर है। मुरुमगाँव से यह पहाड़ी 7 किलोमीटर दूरी पर है। दुर्ग के आवश्यक स्थानों पर परकोटा बनाकर उसे दुर्ग का स्वरूप दिया गया है। 3198 फीट यानी 960 मीटर लम्बाई-चौड़ाई वाला यह दुर्ग दो मील के क्षेत्र में फैला है। अन्दर एक गहरा तालाब है, जहाँ से टीपागढ़ वेलोचना नामक नाला निकल कर खोबरागड़ी नदी को मिलाता है। इस तालाब के पास ही बाले किले के अवशेष हैं। इन अवशेषों में एक भूमिगत कमरा भी है।

किला बल्लालपुर

आदिया बल्लाल सिंह ने वर्धा नदी के पूर्वी किनारे पर यह दुर्ग बनवाया था। दुर्ग का परकोट काले पत्थर का तथा मजबूत बनावट का है। दुर्ग का क्षेत्र छह एकड़ है और दुर्ग का प्रवेशद्वार पूर्व दिशा में है। प्रवेशद्वार के सामने केशवनाथ की मूर्ति का मन्दिर है। मूर्ति पर सोने का मुलम्मा चढ़ा था। 1818 में अंग्रेज़ों का राज आने के समय मूर्ति चोरी हो गई। तब भोसलों के कमावीसदार पुज पाटिल मोरे ने 1822 में शिला की मूर्ति की स्थापना की।

दुर्ग में राजप्रासाद के स्मृतिशेष अवशेष हैं। उत्तर की दिशा में लम्बे-चौड़े भूमिगत कमरे हैं। इनमें उतरने के लिए ढाई फुट चौड़ी सीढ़ियाँ हैं। ग्यारह सीढ़ियों के बाद 2 मीटर ऊँचा पूर्वाभिमुखद्वार है। द्वार के अन्दर ठोस

शिलास्तम्भ पर विशाल कमानों के 3 मीटर ऊँचे तीन कमरे हैं। दूसरे भूमिगत कमरे दक्षिण में है। यहाँ का प्रवेशद्वार 3 मीटर ऊँचा है और कमरे भी पर्याप्त बड़े हैं। यहाँ अन्तिम गोंड राजानीलकंठ शाह को सपरिवार कैद रखा गया था।

दुर्ग के पश्चिमी परकोटे के पास 12 मीटर लम्बा-चौड़ा तथा साढ़े चार मीटर ऊँचा अस्तबल है। यहाँ पाँच कमान के पाँच कमरे है। अस्तबल के सामने राजप्रसाद की अवशिष्ट दीवार में 1 मीटर ऊँचा और दो फुट चौड़ा मार्ग है। बाद में यह मार्ग 3 मीटर तक दक्षिणावर्ती है। अस्तबल के दाईं तरफ पश्चिमी तट पर नदी की ओर पक्का घाट है। पश्चिमी दरवाजे से परकोटे पर जाने के लिए सीढ़ियाँ हैं। नदी के पाट में पत्थर का रामतीर्थ महादेव मन्दिर है।

चाँदा के निर्माण

यूसुफ आदिलखान की सेना वापस जाने पर खांडक्या बल्लालशाह को सुरक्षित राजधानी की आवश्यकता महसूस हुई। उसने तेल ठाकुर नामक वास्तुशास्त्री को दुर्ग बनाने का काम सौंपा। तेल ठाकुर ने 12 किलोमीटर के क्षेत्र में चार दिशाओं में चार खिड़कियों वाला दुर्ग बनाया। इसका दक्षिण द्वार परम्परागत दृष्टि से अशुभ माना गया। दुर्ग की नींव डालने पर खांडक्या बल्लालशाह की मृत्यु हो गई। हीरशाह ने परकोटे का कार्य पूर्ण कर हाथी पर आरूढ़ सिंह का राजचिह्न उत्कीर्ण कराया।[3]

परकोटे के अन्दर हीरशाह ने उत्तराभिमुख राजप्रासाद बनवाया जो अब खंडहर हो गया है। अब मात्र काले पत्थर की भव्य दीवार, भव्य प्रवेशद्वार, रानी का महल नामक कमरा तथा पश्चिम में एक कुँआ उपलब्ध है। परकोटे में बाले किल्लाई के अन्दर राज परिवार की पूजा हेतु सोमेश्वर महादेव की स्थापना कर मन्दिर बनाया गया। किले में राजपरिवार के प्रयोग हेतु पूर्व दिशा में लम्बा 157 मीटर लम्बा तथा 67 मीटर चौड़ा तालाब बनाया गया। यह तालाब कोने में होने के कारण इसे कानेरी तालाब कहा जाने लगा। तालाब के किनारे एक विशाल नन्दी की स्थापना की गई।[4]

कर्णशाह के निर्माणों की विशेषता तीन शिखर के मन्दिरों की थी। पठान पुरा में तीन संलग्न शिखर के मन्दिर हैं। एक में हाथीपार शिवलिंग, दूसरे में मुरलीधर तथा तीसरे में लक्ष्मीनारायण की मूर्ति है। बालाजी वार्ड में भी कर्णशाह

का शिवमन्दिर है। दोनों में तीन-तीन शिखर हैं।[5] कहा जाता है कि चाँदा से 48 किलोमीटर पूर्व मुल के निकट मारोड़ा ग्राम की पहाड़ी पर सोमनाथ उर्फ सोमेश्वर मन्दिर भी कर्णशाह ने बनवाया था। चाँदा के दक्षिण में दुर्ग से एक मील की दूरी पर माना पहाड़ियों में पंचगुहा नामक गुफा है, जो कर्णशाह के राज्यकाल में बनाई गई। इसमें पहली गुफा में शिवलिंग है।[6] चाँदा के दुर्ग के निर्माण का कार्य लगभग 100 वर्ष जारी रहा। वह धुंड्या रामशाह के राज्यकाल में पूर्ण हुआ। इसमें सवा करोड़ रुपए खर्च हुए। परकोटे की ऊँचाई 15-20 फीट और क्षेत्र 12 किलोमीटर है इसकी दक्षिणोत्तर लम्बाई 3 किलोमीटर और पूर्व-पश्चिम की चौड़ाई दो किलोमीटर है। परकोटे में पूर्व की ओर अचलेश्वर, पश्चिम में वीनला, उत्तर में जटपुरा और दक्षिण में पठानपुरा द्वार है, इसमें से अचलेश्वर नाम ही प्राचीन है। बाकी नामकरण मराठों के राज में ही हुआ है। नैऋत्य की खिड़की के पास विट्ठल मन्दिर के कारण खिड़की का नाम विट्ठल खिड़की पड़ा। ईशान की खिड़की से झाड़ी मंडल के व्यापारी बगड़ (कच्चा चावल) लाते थे अतः उसे बगड़ खिड़की कहने लगे। एक खिड़की का नाम मसान खिड़की है जहाँ गोंड राजघराने का श्मशान है। हनुमान खिड़की के पास हनुमान मन्दिर है।[7]

दशमुखी दुर्गा और अन्य मूर्ति समूह[8]

धुंड्या रामशाह के राज्यकाल में बाबूपेठ का निवासी रायप्पा कोमटी नामक सघन और धार्मिक आदमी था। उसने रेलवे स्टेशन से आधा मील दूर शिवमन्दिर बनाने की योजना बनाई किन्तु उसकी मृत्यु के कारण मन्दिर का काम अधूरा रहा। इस मन्दिर में स्थापना करने हेतु दशमुखी दुर्गा की मूर्ति बनाई गई। यह मूर्ति 7 मीटर ऊँची, साढ़े पाँच मीटर चौड़ी और 1 मीटर मोटी है। यह दशमुखी है इस कारण रावण का भ्रम होता था। दशमुखी दुर्गा के बाएँ हाथ में नरमुंड है। शरीर पर गहने हैं तथा उरोभाग उन्नत है। कमर के पास यह मूर्ति भग्न होने के कारण उसे सिमेंट से जोड़ा गया है। इसी मन्दिर में साढ़े चार मीटर की महिषासुर मर्दिनी की दूसरी मूर्ति है जिसके बाएँ हाथ में महिषासुर की शिखा और दाएँ हाथ में भाला है जो महिषासुर की कमर में घुसा है। बायाँ हाथ भैंसे की पीठ पर और दायाँ हाथ सिर पर है। मूर्ति समूह में यह सबसे सुन्दर मूर्ति है। मत्स्यावतार तथा कच्छपावतार की भी मूर्तियाँ हैं। निकट ही 3 मीटर ऊँचा एक प्रचंड लिंग

और सामने हाथी है। नन्दी की शिला पर हाथी भी उत्कीर्ण है। हनुमान और गणेशजी की भी मूर्तियाँ हैं। गणेशजी के हाथ में परशु और पीछे नाग का पंचमुखी फन है। इसके अतिरिक्त शेषशायी भगवान की मूर्ति है। शेषनाग का एक ही फन है किन्तु उसके आसपास दो छोटे नाग हैं। इस मूर्ति समूह में चतुर्भुज शंकरजी की मूर्ति के दाएँ हाथ में त्रिशूल, रूंड और बाएँ हाथ में परशु और डमरू है। इस मूर्ति के पास काल भैरव की मूर्ति है। उसके दाएँ हाथ में गदा और बाएँ हाथ में खोपड़ी है। दक्षिण की ओर द्वारपाल है जिसके सिर पर बड़ी पगड़ी और दाएँ हाथ में दंड है। इस मूर्ति समूह में डेढ़ मीटर से 11 मीटर तक छोटी-बड़ी शिल्पकृतियाँ हैं। बाबूपेठ में जो हनुमानजी की मूर्ति है, उसका मन्दिर भी रायप्पा ने बनवाया।[9]

महाकाली मन्दिर

राजा वीरशाह द्वारा दुर्गशाह पर विजय प्राप्त करने के उपलक्ष्य में माता हिराई ने महाकाली के पुराने मन्दिर को गिराकर नया मन्दिर बनवाया। यह मन्दिर 18×18 मीटर का है और इसकी और ऊँचाई 15 मीटर है। मन्दिर में जमीन की सतह से 3 मीटर ऊँचा चबूतरा है। मध्यभाग में 2 मीटर गहरा साढ़े पाँच मीटर चौड़ा भूमिगत गुफा में शिलाखंड पर उत्कीर्ण डेढ़ मीटर की मूर्ति है। उसके हाथ में खड्ग और ढाल है। पीछे एक ओर भूमिगत कमरा है जो देवी का शयनासन है। गच्ची पर जाने के लिए दो चक्राकर सीढ़ियाँ हैं। हिराई ने महाकाली मन्दिर के साथ अचलेश्वर का छोटा-सा मन्दिर भी बनाया। रानी हिराई ने मार्कंडेश्वर मन्दिर का जीर्णोद्धार भी किया और माणिकगढ़ दुर्ग की मरम्मत की।

अचलेश्वर मन्दिर

अचलेश्वर मन्दिर खांडक्या बल्लालशाह ने बनवाया। इसका वर्णन विनायकराव औरंगाबादकर ने किया है। परम्परा और दन्तकथा का उल्लेख करते हुए वे कहते हैं, "नन्दी गोंड राजा के द्वारा निर्मित किया गया था। देवालय शहर के बाहर है। चारों ओर पत्थर की चिनाई की गई है। मन्दिर शहर के पूर्व में पश्चिमाभिमुख है। नन्दी पूर्वाभिमुख है। महादेव का सालुका उत्तराभिमुख है। लिंग नहीं है। योनि में छह छिद्र हैं। लम्बे-चौड़े स्थान पर अड़ोस-पड़ोस के छह देव हैं। पूर्व में छिद्र

के पास पिंड के समान ऊँचा स्थान है। वही देवता है। उसकी पूजा होती है। मन्दिर में देवता पर पीतल की घंटा है। बाहर के टाँके में पत्थर की चिनाई है। इसकी सीढ़ियों का दरवाज़ा कमानीदार है। दूसरा मन्दिर पूर्वाभिमुख है जिसमें हनुमानजी दक्षिणाभिमुखी हैं। परिधि के बाहर गणपति, शेष, मारुति हैं जो सिन्दूर से पुते हैं। अचलेश्वर का मन्दिर बस्ती के पूर्व में है।[10] बल्लालपुर में मनपा कोमटी ने चुने की जुड़ाई का पत्थर का मन्दिर बनाया और उसमें शिवलिंग की स्थापना की।[11]

वीरशाह की समाधि

1704 में वीरशाह के अंगरक्षकों ने उसकी हत्या कर दी थी। रानी गंगाई ने अचलेश्वर मन्दिर के पास हड़वाड़ा में उसकी प्रचंड कलशयुक्त समाधि बनाई। इस समाधि के सामने गंगाई की भी समाधि है। गंगाई के दत्तकपुत्र रामशाह ने सीढ़ियों का कुँआ बनवाया। रामशाह के पुत्र नीलकंठशाह ने गंगाई और रामशाह की समाधि बनाई। समाधि पौने आठ मीटर ऊँचे चबूतरे पर है। ऊपर जाने के लिए 3 मीटर लम्बी 15 सीढ़ियाँ हैं और ऊपर एक बृहदाकार गुम्बद है। चार कोनों पर चार छोटे गोल गुम्बद हैं। समाधि 12×12 मीटर है। ऊँचाई 18 मीटर है। अन्दर एक चबूतरा है। समाधि अत्यन्त भव्य और मजबूत है और तीन सौ वर्ष के बाद भी इस पर समय का प्रभाव नहीं दिखता।

बापूजी वैद्य के कार्य

रामशाह और गंगाई के दीवान बापूजी वैद्य ने बाबू पेठ में महादेव का मन्दिर बनाया जिसमें मध्य में लिंग तथा दीवार पर इन्द्र, वरुण, शेषशायी विष्णु, गणेश, देवी, अग्नि, नाग आदि मूर्तियाँ उत्कीर्ण हैं। इन्द्र का वाहन ऐरावत और अग्नि का वाहन मेष भी निकट ही हैं। मन्दिर के सभा मंडप में नन्दी की मूर्ति है। बाहरी दीवार पर त्रिपाद वैदिक देवता हैं। मन्दिर के सामने की दीवार पर ऊँचे स्तम्भ पर दशावतारों की प्रतिमाएँ उत्कीर्ण हैं। निकट ही एक सीढ़ीदार कुँआ है। दूसरा कुँआ, शंखाकृति है, जिसकी हौद पर राम, लक्ष्मण, भरत, शत्रुघ्न और हनुमान की रामपंचायतन थी। अब ये मूर्तियाँ एक अन्य मन्दिर में स्थापित की गई हैं। बापूजी वैद्य ने इस मन्दिर के लिए 2.30 एकड़ जमीन दी थी। यह मन्दिर समाधि वार्ड

में है। इसी समय हरबाजी दाभाड़े ने परगना भिसी चिमूर में शिवपंचायतन का पूर्वाभिमुख मन्दिर बनवाया। यह मन्दिर गाँव के पूर्व में चूना और ईंटों से बनाया गया है।

ब्राह्मणों को राज्याश्रय

अकबा का पुत्र कर्णशाह उर्फ कोंडीशाह (1547-1572) बहुत ही प्रजाहितकारी और विद्वानों का आश्रयदाता था। तेलंगाना के बहमनी सुल्तान के उत्पीड़न से त्रस्त होकर आपस्तम्भ शाखा के तेलुगु ब्राह्मण तेलंगाना से चाँदा आ गए। कर्णशाह ने सबको मदद कर जमीनें दीं। इससे राज्य का उत्पादन भी बढ़ा। चाँदा में तेलुगु ब्राह्मणों की संख्या इतनी बढ़ी कि परकोटे की जमीन कम पड़ने के कारण परकोटे के बाहर भी बस्ती बसने लगी। इस बस्ती के पूर्व में बबूल का जंगल था। अतः उसका नाम बबूलपेठ और अन्ततः बाबूपेठ पड़ा।[12]

देवगढ़ के गोंड राजाओं की सनदों के समान चाँदा के गोंड राजाओं की सनदें प्रकाशित नहीं हैं। किन्तु विनायकराव अनन्त औरंगाबादकर ने इस सनदों को देखकर 1820-21 में उनका वर्णन लिखा है। इसमें सबसे प्राचीन सनद शालिवाहन शके 1630 सर्वधारी नाम संवत्सर ई. स. 1708 की है। उसमें चाँदा के गोंड राजा रामशाह ने पुरुषोत्तम भट्ट वैद्य को मौजा पाचखेड़ी, परगना चन्दन खेड़ अग्रहार तथा परगणे आष्टी की कमावीसदारी दी थी।[13] दूसरे वर्ष उसने महाद भट्ट के पुत्र शिवभट्ट देव पुजारी को मौजा आवधड़ परगना आमगाँव कुलबाब अग्रहार दिया।[14] रामशाह के दत्तक पुत्र नीलकंठशाह ने 1744 में जगजीवन तुकोजी जोशी को परगना सायगाँव मौजा कलम्ब गाँव का अग्रहार दिया और महाद जोशी को ब्रह्मपुरी परगना के 139 गाँव दिए।[15]

अग्रहारों के साथ नगद रकम भी दी जाती थी। उदाहरण के लिए दीनानाथ भट्ट पुराणिक वैद्य गोत्र आपस्तम्भ को मौजा कोड़गाँव परगना गढ़चिरोली के साथ दैनिक कवड़ी अर्थात् वार्षिक 200 रुपए दिए गए। इसी प्रकार नरसोबा जोशी गोत्र अश्वलायन, उपनाम अवधानकर को मौजा गोंड सावरी, परगना हवेली चाँदा गाँव तथा वार्षिक 100 रुपए दिए गए।[16] गणुजी केशव टेभेकार को मौजे धानुर परगना हवेली, चाँदा में दैनिक 2 टके अर्थात् वार्षिक 18 रुपयों की वृत्ति दी गई।[17] वृत्ति पाने वाले ये लोग महन्त, पुराणिक वैद्य, पुराणिक और शास्त्री थे। सिर्फ मौजा आवधोड़ के शिवभट्ट को वेदमूर्ति और देवपुजारी के विशेषण लगाकर उनका

विशेष दर्जा दिखाया गया है। उसी प्रकार उन्हें कुल बाब अग्रहार देकर उनकी आर्थिक ज्येष्ठता दिखाई है।

जात्रा या मेले

1. चिमूर में माघ मुदी 5 से श्रीहरि व्यकोबा की यात्रा होती है यानी मेला लगता है। वह पूर्णिमा तक रहता है। इस मेले में आसपास के 80 किलोमीटर से लोग दर्शन करने आते हैं। पूर्णिमा को समाराधना और उत्सव होता है।[18]
2. चाँदा में महाकाली मन्दिर बनाया गया था। वहाँ उत्सव और आश्विन मास के नवरात्र में हवन होता है, ब्राह्मण दुर्गा सप्तशती का पाठ करते हैं और सरकार द्वारा उत्सव में कुछ धन दिया जाता है। चैत्र महीने की पूर्णिमा को मेला लगता है। सरकार से पुजारी को मासिक रु. 4 मिलते हैं।[19]
3. भान्दक कस्बा में नागेश का हेमांडपती मन्दिर है। यहाँ माघ मास की शिवरात्रि में मेला लगता है।[20]
4. मौजा वेस, चाँदा से नैऋत्य दिशा में 19 किलोमीटर पर प्राणहिता गंगा वर्धा का संगम है। वहाँ कार्तिक पूर्णिमा की यात्रा में लोग स्नान को आते हैं। गंगा का अभिषेक कर त्रयोदशी से पूर्णिमा तक ब्राह्मण भोजन होता है और मेला लगता है। बीरशाह नामक गोंड राजा ने ब्राह्मणों से यज्ञ करवाकर महादेव मन्दिर बनवाया और नन्दी का घाट और सीढ़ियाँ बनवाई।[21]
5. मौजा काकर्डा, चाँदा से ईशान दिशा में 72 किलोमीटर दूर है। वहाँ मार्कंडेय ऋषि का लिंग है। वहाँ हेमांडपती मन्दिर है, जहाँ शिवरात्रि को मेला लगता है।[22]
6. भान्दक कस्बे में भद्रनाग नागोबा देव हैं। उसका मेला शिवरात्रि को लगता है। उत्सव माघ बदी अमावस्या को होता है। इसके लिए सरकार से व्यय मिलता है, किन्तु सरकारी राजस्व से व्यय नहीं किया जाता बल्कि लोगों से शुल्क लेकर मन्दिर को दे दिया जाता है। मन्दिर पुरातन है।[23]
7. माघ महीने में शिवरात्रि को मार्कंडेय की यात्रा होती हैं।[24]

इन यात्राओं से धर्म, व्यापार और सांस्कृतिक विनिमय को प्रोत्साहन मिला होगा। इन यात्राओं में पोतराज, गोंधली आदि के कारनामे देखने तथा सुनने को मिलते हैं।

चाँदा के पोवाड़े

चाँदा के पोवाड़ों में छत्तीसगढ़ के पोवाड़ों और महाराष्ट्र के पोवाड़ों का संगम दिखाई देता है। छत्तीसगढ़ में गढ़पिंगल का पोवाड़ा ढील या धोल नाम से प्रसिद्ध है। इसकी कथा यह है–राजा नल और दमयन्ती वनवास में थे तब उन्हें दुलहन नामक पुत्र और मखान नामक कन्या हुई। वनवास में नल राजा घास काटकर पेट भरता था। नल राजा को नरवर प्रान्त का राजा बताया गया है। महाभारत के नल की कथा में भी वनवास है। किन्तु दोनों की सन्तानों की कथा इसमें नहीं है। वनवास समाप्त होने पर घर वापस आने पर दुलहन या ढोल का विवाह उसकी बहन से होगा और वह मरेगा, यह सुनकर नल अपने पुत्र को देश निकाला देकर गढ़पिंगल में प्रवेश करने की मनाही करता है। किन्तु होनी होकर रहती है। कालान्तर में मखान का प्रेम इस युवक से होता है, विवाह होता है और ढोल की मृत्यु होती है।[25]

इसी प्रकार लोट और चन्दियानी ग्वालन की हृदयमंगल प्रेमकथा है। बकुला नामक कन्या का पोवाड़ा भी प्रणयपूर्ण है।[26] मराठों के पोवाड़ों में वीर मरण के उत्सव का विवरण मिलता है। उसमें जयगान, समर प्रसंग रहता है किन्तु राजुरकर द्वारा उल्लिखित धुग्गुस के पोवाड़े में प्रणय कथा भी है और समर प्रसंग भी है।[27] ये पोवाड़े चाँदण गीतों के समान लौकिक या पारम्परिक गीतों के वर्ग में नहीं आते। सम्पूर्ण शहरी होने पर भी लोकजागृति उसका उद्देश्य है। यह साहित्य ग्रामीण होने पर भी नागरी परम्परा में विलीन हुआ है। इस गाथा में वीरगान और प्रेमगान या अन्य विषयों का गान है। वीरगान पोवाड़े में साकार हुआ है और प्रेमगान और अन्य कथात्मक विषय लावणी में साकार हुए। प्रेमगीत और पोवाड़े में समान विशेषता यह है कि प्रेम सफल हो या विफल, उसकी जड़ जीवन की दुर्दम्य आसक्ति में होती है। पोवाड़ों में वर्णित दन्तकथा या वीरकथा आदर्शवाद की भूमिका से जीवन का उन्नयन करनेवाली विशेषताएँ ही वर्णित रहती हैं। विरक्ति दोनों ही प्रकार में प्राप्त नहीं होती।[28]

संगीतकला

चाँदा के शासकों के समय संगीत कला की भी पर्याप्त उन्नति हुई। चाँदा में लोकगीत आरती, भक्तिगीत आदि की समृद्ध परम्परा है, जिन्हें उचित अनुपात में राजाश्रय भी था। इस सन्दर्भ में एक कथा का उल्लेख किया जा सकता है।

गोंड राजा दादबा बल्लालशाह को बादशाह ने कैद किया था। एक दिन प्रातःकाल दादबा ने गायन किया। बादशाह की रानी ने उसका गायन सुनकर उसे मुक्त करा दिया और उस पर मेहरबानी कर उसे राज्य दे दिया। यह कथा 1820 में विनायकराव औरंगाबादकर ने लिखी।[29] इससे गोंड घराने की संगीत रुचि का पता चलता है। सुर्जा बल्लालशाह संगीत सीखने के लिए लखनऊ गया था।[30]

रायप्पा कोमटी द्वारा बनवाई गई मूर्तियाँ [31]

क्र.	शिल्पकृति का नाम	लम्बाई (फुट)	चौड़ाई (फुट)	ऊँचाई (फुट)
1.	दशमुखी दुर्गा	36	18	
2.	महिषासुर मर्दिनी	16	8	
3.	मत्स्यावतार	13	2	5.5
4.	कूर्मावतार	13	8	
5.	शिवलिंग	13	8	
6.	नन्दी	9	3	6
7.	हाथी	5	3	4
8.	गणेश	11	7	
9.	हनुमानजी	10	6	
10.	कालभैरव	10	6	
11.	शेषशायी (दो नागिनों के साथ)	12	8	
12.	चतुर्भुज शंकर	19	8	
13.	दिंगबर शिव	13	9	
14.	गरुड़	9	4	
15.	द्वारपाल	10	6	

सन्दर्भ

1. राजुरकर, पृ. 141-42
2. वही, पृ. 143
3. वही, पृ. 130
4. औरंग. चन्द्र, फो. 102, ब
5. राजुरकर, पृ. 138
6. वही, पृ. 129
7. औरंग. चन्द्र., फो. 100 ब
8. वही, 103 ब - 104 अ, राजुरकर, पृ. 150-52
9. परिशिष्ट देखिए
10. औरंग. चन्द्र., फो. 102 अ-ब
11. वही, 109 ब
12. राजुरकर, पृ. 138
13. औरंग. चन्द्र., फो. 104 ब
14. वही, 104 अ-ब
15. चट्टे संग्रह 32 अ-ब 34
16. औरंग. चन्द्र., फो. 104 ब
17. राजुरकर पृ. 231-32
18. औरंग. चन्द्र., फो. 73 अ, पृ. 104
19. वही, 101, ब बेग्बी पृ. 134
20. वही, 103 अ
21. वही, 103 अ
22. वही, 103 अ
23. वही, 128 अ
24. राजुरकर, पृ. 199, बेग्बी, पृ. 131
25. वैरियर एलविन, *फोक सांग ऑफ़ छत्तीसगढ़*, पृ. 371
26. वही, पृ. 317, 338
27. राजुरकर, पृ. 313-18
28. दुर्गा भागवत, *लोकसाहित्याची रूपरेखा*, पृ. 441
29. औरंग चन्द्र., फो. 105 ब
30. राजुरकर, पृ. 121
31. औरंग. चन्द्र., फो. 103 ब, 104 अ,

8

जल-आपूर्ति और चाँदा राज्य

चाँदा राज्य के तालाबों की सूची

पन्द्रहवीं सदी के अन्त में चाँदा का राजा एक मजबूत किले से सुरक्षित अपनी राजधानी से अपने प्रशासन का संचालन करता था। उसके निर्णय राजधानी से दूर तक क्रियान्वित होते थे। पन्द्रहवीं सदी के बाद की साढ़े तीन सदियों में चाँदा राज्य ने आर्थिक क्षेत्र में कुछ ठोस काम करने का प्रयास किया। ग्रामीण तालाबों के अतिरिक्त राजा के प्रयास से भी जल-आपूर्ति के लिए तालाब खोदे गए। ऐसे तालाब हीरशाह के काल से (1497-1522) मिलते हैं। तथापि नवेगाँव बाँध का तालाब जो कवडू पाटील ने बनवाया था, पानी की ज़रूरत पूरा करने की तकनीक में नया अध्याय प्रस्तुत करता है। इसका जल संग्रहण क्षेत्र 23 वर्गमील और उसकी क्षमता 2250 एकड़ है।[1] उपलब्ध जानकारी के अनुसार शासन के प्रयास से 9 तालाब बनाए गए, किन्तु निजी प्रयास से बनाए गए तालाबों की संख्या कम नहीं है। बल्कि उनकी संख्या सरकारी तालाबों से अधिक है। इन निजी तालाबों में कोहली समाज के द्वारा बनाए तालाबों की संख्या काफी है।

वंशावली और शकावलियों की साक्ष्य को शब्दशः माना जाए तो सभी 1500 तालाब ग्यारह राजाओं के राज्यकाल में बनें। चाँदा के राजाओं का राज्यकाल इस प्रकार था–हीरशाह (1497-1522), हिराई (1522-1547), कर्णशाह (1547-1572), बाबाजी (1572-1597), धुंड्या रामशाह (1597-1622), कृष्णशाह (1622-1640), बाबाजी बल्लालशाह (1640-67), रामसिंह (1667-1684), किशनसिंह (1684-1696), बीरशाह (1696-1704) रामशाह द्वितीय (1704-1735)। तथापि एक बात ध्यान में रखनी होगी कि हमारी जानकारी के जो आधार हैं वे अत्यन्त दुर्बल हैं और उनसे सिर्फ तालाब का काम प्रारम्भ होने की या समाप्त होने की तिथि मिलती

है। इसी कारण जिन कामों को हिराई तथा कर्णशाह के समय का बताया गया है वे वास्तव में उनके राज्यकाल में प्रारम्भ हुए होंगे और आगे जाकर पूरे हुए होंगे। इसी प्रकार किशनसिंह और बीरशाह के राज्यकाल में पूरे हुए कार्य उनके राज्य काल के पहले ही प्रारम्भ हुए होंगे। अतः यह प्रबल सम्भावना है कि इन तालाबों का और उनसे संलग्न नहरों का कार्य अनेक राजाओं का संयुक्त प्रयास रहा होगा। यह कहना ठीक होगा कि जल-आपूर्ति का काम इन चार सदियों में लगातार चलता रहा होगा। जैसा कि पहले कहा गया है, चाँदा राज्य के बड़े तालाब राज्य के अस्तित्व में आने के बाद ही बनाए गए। किन्तु इसके पूर्व तकनीकी क्षेत्र में पर्याप्त क्रान्ति हो चुकी थी। यह तकनीकी क्रान्ति बड़े तालाबों के अतिरिक्त जल के निकास की व्यवस्था में भी देखी जा सकती है। इन दो-चार सदियों में बड़े पैमाने पर जल-आपूर्ति की जो व्यवस्था की गई थी उसके लिए जिस तकनीकी विकास और मानव शक्ति के संगठन की ज़रूरत थी वह जातीय या राजकीय संगठन के बिना सम्भव नहीं था। यह बात महत्त्वपूर्ण है कि पहले की तकनीक नाकाफी थी और राज्य के विकास के साथ उस तकनीक में प्रगति होनी जरूरी था। इन तालाबों की स्थिति से जाहिर होता है कि स्थान का चुनाव करते समय भौगोलिक विशेषताओं पर गहरा विचार किया गया था।[2] बेगबी और रसेल दोनों ने ही इस बात का विवरण दिया है। भूखंड की नैसर्गिक आकृति अनेक बड़े तालाबों के लिए उपयुक्त सिद्ध हुई और चिनाई का काम कम से कम करना पड़े इसके लिए अनेक स्थानों पर भौगोलिक संरचना पर सूक्ष्मता से विचार किया गया।

नवेगाँव बाँध इस तकनीक के सफल प्रयोग का सबसे उत्तम उदाहरण है। भूमि की भौगोलिक विशेषताओं का जिस प्रकार ख़्याल रखा गया और बाँध के लिए जैसी उपयुक्त सामग्री का उपयोग किया गया वह जल संग्रहण की उच्च तकनीक के ज्ञान का संकेत है। इसकी मुख्य नहर चार देहातों को और दोयम नहर एक देहात को जल-आपूर्ति करती है। सिवनी बाँध भी इसी तरह उपयुक्त है। इन बाँधों के लिए प्रयुक्त निकास मार्ग उनकी तकनीक की प्रगति प्रकट करते हैं।[3] सबसे पहले इन तालाबों के बाँधों को काटकर पानी का बहाव किया जाता था। इससे अतिरिक्त तथा आवश्यक पानी का नियन्त्रण किया जाता था। दूसरे स्तर पर वृक्ष का पोला तना जल निकास के लिए प्रयुक्त होता था, जिसे कीचड़ मिट्टी से बन्द किया जा सकता था। तीसरे स्तर पर जल निकास के लिए धातु के द्वार का इस्तेमाल होता था। इस प्रकार विविध निकास मार्गों का इस्तेमाल

करके जल का वितरण नियन्त्रित किया जाता था। जल के दबाव का ज्ञान होने के कारण इन बाँधों को स्थापत्यविदों ने पत्थरों से मजबूत किया, किन्तु यहाँ सबसे बड़ा दोष यह था कि तब जल मापन की सुविधा का अभाव था। फिर भी इन बाँधों से निर्माण की तकनीक का बखूबी पता चलता है। इससे यह भी मालमू होता है कि बाँध बनानेवाले लोगों को ऊँचे दर्जे के पेशेवर तकनीकविदों की सेवाएँ उपलब्ध थीं।[4]

छोटे पैमाने की जल-आपूर्ति पर चावल की खेती की जमीन में ऋतु के अनुसार बदलाव होता है। वर्षा में फर्क के साथ जल-आपूर्ति के क्षेत्र में भी बदलाव होता है। यदि गाँव एक या कुछ छोटे तालाबों पर निर्भर है तो गाँव के लोग कालान्तर में नए तालाब खोजने के लिए नई जगह जाकर नया गाँव बसा सकते हैं। किन्तु बड़े तालाब के कारण स्थिति अलग हो जाती है। इसलिए जल संग्रहण तथा जल की आपूर्ति के सन्दर्भ में बारह मासी तालाब और छमाही या दशमासी तालाबों का विभाजन करना आवश्यक है। यह स्वयं ही प्रगट है कि बारहमासी तालाबों पर निर्भर बसाहट और उसका संघटन अधिक स्थाई होगा और इसका राज्य की समृद्धि पर बहुत अनुकूल प्रभाव पड़ेगा।

बड़े अनुपात में जल-आपूर्ति का काम राज्य की महत्त्वपूर्ण सामाजिक गतिविधि है। इसे राज्य की आय बढ़ानेवाली गतिविधि भी माना जा सकता है, जिससे खेती और करों के रूप में अतिरिक्त आय प्राप्त होती है। दो वर्षा कालों के मध्य खुली पड़ी सूखी किन्तु उर्वर भूमि किसानों को दी जा सकती है। मछली पालन और सिंघाड़ों की खेती से भी आय मिल सकती है।

चाँदा के राजाओं को इन लाभों का ज्ञान तो था, उसके साथ ही उन्हें आबादी बढ़ने का परिणाम भी ज्ञात था। आबादी गढ़ा चाँदा राज्य के वायव्य कोण में केन्द्रित थी जहाँ चिमुर, उमरेड, वरोरा, चाँदा तथा गड़बोरी परगना हैं। इन तालाबों का स्थान राजकीय दृष्टि से निर्णायक महत्त्च का था। इसी कारण सामान्यतः तकनीकी दृष्टि में सबसे अनुकूल स्थान चुने जाने पर भी श्रम का नियोजन करते समय कुछ समय तकनीकी दृष्टि की उपेक्षा कर दी जाती थी। यह भी महत्त्वपूर्ण है कि बैनगंगा नदी के पूर्व में स्थित जमींदारी क्षेत्र की पूर्ण उपेक्षा की गई थी, जबकि उन्हें कृषि विस्तार के लिए आग्रह किया जाता रहा। वैसे ही जल-आपूर्ति क्षेत्र में सर्वाधिक कार्य करने वाले कोइले समाज की चाँदा की राजनीति में पूर्ण उपेक्षा की गई। यहाँ गोंड, कोमटी और ब्राह्मणों का प्राबल्य था। इस कारण यह स्पष्ट दिखता है कि चन्द्रपुर राज्य के वायव्य क्षेत्र का राजस्व सर्वाधिक होने पर

भी उसे नियन्त्रित करने हेतु बैनगंगा नदी के पूर्व में स्थित जमींदारों से उसे सन्तुलित किया गया।

राजधानी चन्द्रपुर के पास जल-आपूर्ति बढ़ाने का प्रयास सर्वप्रथम खांडक्या बल्लालशाह ने किया। उसने रामाला तालाब बनवाया (1472-97)।[5] और उसके वंशधर रामशाह ने (1704-1735) उसकी मरम्मत करवाकर उसे अपना नाम दिया। हीरशाह प्रथम ने (1497-1522) ने चन्द्रपुर का कोमटी तालाब तथा उसकी पत्नी हिराई ने (1522-97) में घुटकाला तालाब बनाया। चन्द्रपुर में छह तालाब थे जिसमें से बाकी तीन के विषय में जानकारी नहीं मिलती, किन्तु यह तालाब इंसानों और पशुओं को पानी की आपूर्ति करते थे।

राजकीय तालाब तथा कोईले समाज द्वारा निर्मित सामाजिक तालाबों को मरम्मत में प्रधानता दी जाती थी और वर्षा काल में तालाब पर पहरा देकर संकट के समय सारे गाँव को संकट की सूचना दी जाती और मदद का आह्वान किया जाता था।[6]

राज्य का वायव्य भाग जो बैनगंगा नदी के व्यापारी मार्ग से पश्चिम में है तथा उमरेड, पवनी, चिंचगढ़ मार्ग से दक्षिण में है, पूर्व में छत्तीसगढ़, पश्चिम में बरार, दक्षिण में तेलंगाना तथा उत्तर में बालाघाट मार्ग से गढ़ा-मंडला से व्यापारी सम्पर्क की सुविधा प्रदान करता था। अतः कोईले समाज के क्षेत्र में धनोजे और खैरे कुणबी मिलते हैं, जो आर्थिक दृष्टि से अपेक्षाकृत सम्पन्न हैं।[7]

राज्य द्वारा बनाए गए तालाबों में गढ़चिरोली और कुनघाड़ा के तालाब हैं, जो वायव्य में स्थित इलाक़े के बाहर हैं तथापि ब्रह्मपुरी और सिरोंचा क्षेत्र की पूर्ण उपेक्षा की गई है। यहाँ निजी क्षेत्र ने भी रुचि नहीं दिखाई। शायद इसके पीछे भी राजकीय उपेक्षा का राज हो सकता है। यह भी ध्यान देने योग्य है कि निजी प्रयास से मध्यम श्रेणी ही नहीं अपितु बड़े तालाब भी बने। किन्तु उनका भौगोलिक क्षेत्र मर्यादित है, अतः यहाँ भी कोई राजकीय प्रभाव दृष्टिगोचर होता है।

राज्य द्वारा प्रायोजित जल-आपूर्ति कार्य निजी कार्य से अधिक प्रभावशाली नहीं था। तथापि वह विशाल श्रमसाध्य दिखाई देता है। ऐसे कार्य के लिए कम उत्पादन वाले इलाक़े से लोगों को आकर्षित किया गया होगा। इससे भविष्य में आबादी की वृद्धि हुई। इस क्षेत्र में हमें विविध जातियों के आव्रजन की परम्पराएँ प्राप्त होती हैं।[8] आबादी का केन्द्रीकरण और बैनगंगा तथा व्यापारी मार्ग से जुड़ने के कारण आबादी का नया वितरण हुआ। देहातों का एकान्तवास समाप्त हुआ

और समाज में नया परिवर्तन आया। जल-आपूर्ति के क्षेत्र में एक वर्ष में कई फसलें लेने की सम्भावना बढ़ी और कृषि के इस नए ढाँचे की स्थिरता के कारण उत्पादन में भी नए सम्बन्ध बने। इसी कारण जल-आपूर्ति की गतिविधियों के क्षेत्र को सामाजिक तथा आर्थिक दृष्टि से अधिक गतिमान क्षेत्र मानना सम्भव है। यह कहा जा सकता है कि राजाओं ने जल-आपूर्ति के क्रियाकलाप इसलिए हाथ में लिए क्योंकि उन्हें इससे राजस्व बढ़ने की उम्मीद थी। इसी प्रकार आबादी का बदलाव राजाओं के लिए तथा इन क्रियाकलापों के लिए प्रलोभन और मर्यादा दोनों ही थे। उस समय आबादी राजनीति में महत्त्वपूर्ण घटक थी और उसके केन्द्रीकरण से चाँदा के राजा पूर्ण राज्य पर अपना वर्चस्व बनाए रख सके। इस काल में किए गए जल-आपूर्ति क्रियाकलापों में इस बात को प्रधानता देने की कोशिश की गई कि राजकीय सत्ता के लिए खतरा न बनकर राजा की सत्ता को प्रबल बनाए। ऐसे प्रयास में जल की और भौगोलिक अनुकूलता की भी उपेक्षा की गई।

जल-आपूर्ति के क्रियाकलापों के लिए विशिष्ट क्षेत्र में राज्य का हस्तक्षेप निर्णायक महत्त्व का होने पर भी जल-आपूर्ति के क्रियाकलापों पर राज्य का एकाधिकार नहीं था। राज्य द्वारा प्रायोजित जल-आपूर्ति कार्य का हिस्सा राज्य की कुल जल-आपूर्ति से बड़ा नहीं था। राज्य द्वारा जल-आपूर्ति के जो कार्य किए गए उनके अलावा जल-आपूर्ति के जो कार्य थे वे उस इलाक़े की कृषि ग्रामीण बस्ती के सामाजिक उद्यम पर निर्भर थे। इसमें कुछ चुनिन्दा घराने के वंशधरों की भी भूमिका थी। जल-आपूर्ति क्षेत्र में किसी मन्दिर की भूमिका नहीं थी, यह इसके धर्मनिरपेक्ष होने का स्पष्ट संकेत है।

पन्द्रहवीं सदी के उत्तरार्द्ध में सुर्जा बल्लालशाह के राज्यकाल में बड़े अनुपात में जल-आपूर्ति क्रियाकलाप प्रारम्भ हुए। उसी समय बैनगंगा नदी की घाटी में वाणिज्यीय क्रियाकलापों का पुनर्जीवन हुआ। राजा कर्णशाह के काल में कोमटी तथा गाँधले तेली का आगमन तथा वंजारी समाज का नियमित आवागमन, वाणिज्यीय क्रियाकलापों का संकेत है। गोंड राजाओं के पास पारस पत्थर होने की कथा, सोने के हल की कथा और गोंड राजाओं के समृद्धि के संकेत देनेवाली कथाओं से यह निचोड़ निकाला जा सकता है।[9] ब्रह्मपुरी, गढ़चिरोली तथा अहिरी, सिरोंचा का महत्त्व व्यापार मार्ग के कारण ही था। सुसंगठित मुगल साम्राज्य का उदय और गढ़ा-मंडला राज्य के पतन का दक्षिण के सभी राज्यों पर विशेषकर चाँदा पर बहुत विपरीत परिणाम हुआ। मुगलों के सर्वग्रासी साम्राज्यवाद से दक्षिण की सम्पत्ति उत्तर को जाने लगी और इसका चन्द्रपुर पर यह प्रभाव पड़ा कि राज्य

के प्रमुख घराने विद्रोह की बात सोचने लगे। अतः अपनी स्थिति मजबूत बनाए रखने के लिए मुगलों का समर्थन प्राप्त करने के लिए उन्होंने अधीनता स्वीकार की। उसे अपने जाति बन्धु से युद्ध तो करना ही पड़ा बाद में मुगलों के दक्षिण अभियान में भी भाग लेना पड़ा। इसके प्रतिशोध में मराठों ने चाँदा पर आक्रमण प्रारम्भ किए जिससे चाँदा की अर्थ व्यवस्था लड़खड़ा गई। व्यापार समाप्त होने के साथ चाँदा अन्दरूनी विद्रोह और देवगढ़ के आक्रमण से त्रस्त हुआ। किन्तु चाँदा का राजा मुगलों की सेना में व्यस्त था। अतः राज्य असुरक्षित ही रहा। हत्या तथा गोदनशीनी से चाँदा राज्य की समस्या बढ़ ही गई। दक्षिण में निजाम-उल-मुल्क तथा रघुजी भोंसले के उदय से चाँदा के गोंड राज्य का अन्त सुनिश्चित हो गया।

चाँदा राज्य के तालाब

नागपुर गजेटियर

ग्राम		पृष्ठ
भिवकुंड उमरेड		277
माढल		302
उमरेड	कर्णशाह 1547-72	342
	भंडारा गजेटियर	
दिघोरी		202
नवेगाँव	1700 कवडू पाटील नाग. अफे. 1	214, 15
साकोली		228
सिवनी	1600-1700	231
	औरंग. चन्द्र.	
भिसी	नकटु पाटील	47 ब
भीसी	गोपालजी भागवत	
भीसी	रानु पाटील	
मौ. कावडसी चिमुर		64 अ
चिमुर (13)	1695	69 अ

मौजे विहीरगाँव	भीका पाटील तुकुमदार	72 अ
मौ. महादवाडा	भीका पाटील तुकुमदार	72 अ
मौ. पिपडगाँव	धर्म पाटील कोहले तुकुमदार	
मौ. पलसगाँव	माने पाटील कोहले तुकुमदार	
मौ. बेडदे	गण पाटील कोहले तुकुमदार	
नादेड	पैकु पाटील कोहले तुकुमदार	
मौ. म्हासाल	कोलबा पाटील गुजराती तुकुमदार	72 ब
मौ. तलवधी	कोलबा पाटील गुजराती तुकुमदार	72 ब
कोलर	मल्हार पाटील डोंबले कुणबी तुकुम	
अष्टसातोड		
मौ. जुजबाना	माधोजी नाईक काले 1750-55	9 अ
अष्ट साडोड		
28 तलाब कुल		
मौ. जामगढ़	अडकु पाटील कोहल्या कुणबी तुकुम वैराण	87 ब
मौ. रामपुर	अडकाजी पाटील तुकुम वैराण	
मौ.जे वायगाँव	बाला पाटील व्यंकट पाटील कुरहेकर जात कुणबी धान	88 अ
मो. गुलगाँव	जग पाटील कुरहेकर कुणबी तुकुम धान देव पाटील बंधु	
मौ. बेलगाँव	श्रावण पाटील धान खरीफ रबीदुगाजी पाटील भुसारी कुणबी	88 अ
मौ. गवेझरी	नागोजी बिदुर कोमटी तुकुमलखा पाटील विदुर धान उस बागाईत	
मौ. गणेगाँव	बगाजी गोगुलवारन कोमटी तुकुमधान	
मौ. कावेली	मन्या पाटील बोधल्या कुणबी तुकुम उस बागाईत सीताराम पेठ तालाब सदाशिव पंत भातवणे (नागपुरकर ब्राह्मण ऋग्वेदी तुकुम धान)	88 ब
मौ. तलोधी	विठू वंजारी तुकुम धान बागाईस	89 अ

मौ. सिवगव्हाण	विश्वनाथ हुण्डेकर जाजात सामोशी धान बागाईस	
का आष्टा	खेती नहीं, पेयजल	
मौ. बीलवड	खेती नहीं, पेयजल	
मौ. तामसी	खेती नहीं, पेयजल	
मौ. वडयाल	खेती नहीं, पेयजल	89 ब
मौ. माढल	खेती नहीं, पेयजल	
मौ. चोर	पीने का पानी	
मौ. चिचोली	पीने का पानी	
चन्द्रपुर पायाल तालाब		100 ब
जुनोने	हीरशाह 1497-1522	चाँदा गैजे पृ. 366-67, 405-6
बल्लालपुर	तरवर शाह 1347-72 दिवाण नागोबा 1655 चाँदा गजेटियर पृ. 366	108 ब
विटाला (भान्दक)		128 ब
पिंडवनी (भान्दक)		
	राजुरकर	
जुनोना		123, 36
चाँदा कोनेरी	हीरशाह, 1497-1522	132
टीपागढ तालाब		143
घुटकाला तालाब		
चन्द्रपुर	हिराई 1572-95	198
	चाँदा गजेटियर	
अंकिसा-2	खेती और पीने का पानी	364

आरमोरी/1-125	बोडी से जल-आपूर्ति	365
ब्रह्मपुरी खोत तालाब • लेंढा • कोरेलिया • बारई	खेती	377
चामोरसी 6 तालाब 56 बोडी	खेती	378-79
तलोधी	पीने का पानी	379
चाँदा रामाला (6 तालाब)	खांडक्या बल्लाल 1704-1735	385
चिमुर ताडोबा	खेती	389-90
चुरूह/सुरला गढ	खेती	392
देवल वाडा		395
गवटारा (अनेक)		395
गढचिरोली 12, बोडी	खेती नहीं, पेयजल	401
कुनघाडा	तुकुम	407
मुल	खेती	413
पोंभुर्णा		418
नवरगाँव		418
सावली	खेती	420
गडमौसा		421
ठाणेगाँव		430
धानोरा 1-3		461
पै मुरांडा - 2		470
सोनसरी - 6		477
पिंपलगाँव		477

सन्दर्भ

1. रसेल, भंडारा, पृ. 92,
2. वही, पृ. 91-92, बेग्बी पृ. 177-78
3. बेग्बी, चाँदा, पृ. 178, रसेल, भंडारा, पृ. 92
4. वही, पृ. 93
5. सर्जा बल्लालशाह ने कोईली समाज को घटबोरी क्षेत्र में बसाया था जहाँ इस समाज ने बाँध बनाकर राज्य के समृद्धि की नींव डाली। बेग्बी, चाँदा, पृ. 109, रसेल, भंडारा, पृ. 56
6. बेग्बी, चाँदा, पृ. 179, ल्यूसी स्मिथ, सेटलमेंट रिपोर्ट, पैरा 224
7. वही, पृ. 113-114
8. वही, पृ. 189, कोहली, पृ. 113, राजपूत-बनिया तिरोले कुनबी, पृ. 115-116, गाँधली तेली, पृ. 113, माल, पृ. 118 कापेवार, कोमटी, पृ. 119, कुरुमवार, बेलमा
9. राजुरकर पृ. 116, बेग्बी, पृ. 40, औरंग. चन्द्र. फो. 105।

9

चाँदा के गोंड राजाओं की वंशावलियाँ : एक विश्लेषण

एफ. ई. पार्जिटर कृत 'एंशियेंट इंडियन हिस्टारिकल ट्रेडिशन' नामक ग्रन्थ के कारण प्राचीन भारत की वंशावलियों की ओर शोधकर्ताओं का ध्यान आकर्षित हुआ है। इस ग्रन्थ में विविध पुराणों में उपलब्ध वंशानुचरित्र की सूचनाओं की तुलना कर भारतीय इतिहास के वंशानुचरित्र की सूचनाओं की तुलना कर भारतीय इतिहास के प्रारम्भ में वंशावली की रचना करने का प्रयास किया गया है। सम्भावित कालक्रम से इन वंशावलियों की रचना कर पार्जिटर ने भारतीय इतिहास के उषाकाल का अध्ययन किया है।

किन्तु परम्परागत वंशावलियाँ शायद ही भूतकाल का प्रामाणिक चित्र प्रस्तुत करती हैं। इस मान्यता के साथ कालक्रम की रचना के प्रयास का त्याग करते हुए यहाँ मध्ययुगीन वंशावली की प्राथमिक भूमिका और उसके उद्देश्य की जाँच-पड़ताल का प्रयास किया गया है। इस कार्य में हमें ऐसे समकालीन स्रोतों की भी मदद मिल सकती है जो प्राचीन काल के अध्येताओं को शायद ही उपलब्ध रहे हों। इसमें वंशावलियों का कालक्रम नकारने का विचार नहीं है क्योंकि पीढ़ी-दर-पीढ़ी समय के घटक का महत्त्व स्वयं प्रकाशित है। किन्तु वंशावलियाँ इन समाजों के ऐसे घटकों की जानकारी भी देती हैं, जो अब तक उपेक्षित रहे हैं। वंशावलियाँ भूतकाल से सम्बन्धित रहती हैं और वे उत्तराधिकार का अभिलेख रखती हैं, किन्तु उनकी रक्षा और शायद रचना भी विशिष्ट समय की सामाजिक संस्थाओं पर निर्भर रहती है। समय और संस्थाओं को साथ रखने से वंशावलियों की वैधता का आयाम भी प्राप्त होता है। ये वंशावलियाँ आव्रजन और लोगों के आवागमन की सूचना और इस मर्यादा में भौगोलिक सूचना भी प्रदान करती हैं। किन्तु वंशावली का आधार प्रदेश न होकर वंश होता है, जो भौगोलिक प्रदेश से एकरूप हो यह अनिवार्य नहीं।

सामाजिक सम्बन्धों के अभिलेख के रूप में वंशावलियाँ समाज के वर्ग विशेष से सम्बन्धित रहती हैं, जो विशिष्ट वंश के सदस्य होते हुए राजनीतिक और सामाजिक दर्जे के अधिकारी होते हैं। राजा के समान सत्ताधारी वंश के सदस्यों को कबीलाई समाज में भी वंशावलियों की रक्षा करना अनिवार्य होता है। युद्ध काल में तथा नई भूमि की बसाहट के दौरान वंशावलियाँ वैध अधिकार और दर्जे का मूल स्रोत सिद्ध होती हैं। पुरोहित या पुजारी जैसे अन्य वर्ग जब राजनीतिक या सामाजिक सत्ता प्राप्त करते हैं तब भी वंशावलियाँ महत्त्वपूर्ण हो जाती हैं। वैसे, उत्तराधिकार की सूचियाँ राजाओं के वंश के लिए मर्यादित नहीं रहतीं।[1]

वंशानुगत सम्बन्ध से सम्पत्ति का स्वामित्व और सहभागिता सिद्ध होने से सम्पत्ति के उदय के साथ वंशावलियों का अनुरक्षण महत्त्वपूर्ण हो गया। कृषि के पहले के युग में कदम रखने के पहले फल संग्राहक समाज में निजी सम्पत्ति के अतिरिक्त सम्पत्ति के अधिकार की विविध कारणों से स्पष्ट व्याख्या नहीं थी और जो भी थी वह लचीली थी। कृषक समाज में सामूहिक या निजी भूमि के अधिकार के शुरू होते ही सम्पत्ति की कल्पना प्रबल हो गई। गैर कृषक या प्रारम्भिक कृषक समाज में क़बीले के प्रमुख का वंश ही स्मरणीय था। कृषक समाज का जैसे-जैसे विकास होता गया, वैसे-वैसे अन्य गुट भी उत्तराधिकारी की सूचियों का अभिलेख रखने लगे। उत्तराधिकार और सामाजिक दर्जे के अभिलेख, भूमि और पालतू पशु ही नहीं, बल्कि वंश के विवाह सम्बन्ध के रूप में औरतों पर भी अधिकार जताने लगे। उत्तराधिकार से सम्पत्ति और पद का हस्तांतरण होने के कारण उत्तराधिकार समाज में अति मर्यादित भूमिका अदा करता है।[2] वंशावली में उत्तराधिकार का पदक्रम, पदधारक का सम्बन्ध चुनाव की प्रक्रिया और घटना का समय आदि का उल्लेख रहता है। यही उत्तराधिकार की समाज व्यवस्था है। उत्तराधिकार का चुनाव समाज व्यवस्था से ही निर्धारित होता है।

कालक्रम से व्यवस्थित होने के कारण वंशावलियाँ काल का एक मान प्रस्तुत करती हैं।[3] यह मान, चक्र के स्वरूप में, आयु समूह के सन्दर्भ द्वारा, रिश्ते से (पिता-पुत्र, चाचा-भतीजा) या शासन वर्ष द्वारा किया जाता है। पीढ़ी के उल्लेख से भी काल-मान प्रस्तुत किया जाता है किन्तु शासन वर्ष या पीढ़ी का सन्दर्भ हमेशा शब्दशः नहीं माना जा सकता। काल की महत्त्वपूर्ण लम्बाई महत्त्वपूर्ण घटना से बताई जाती है और यह इतिहासकार के लिए संकेत हैं कि अन्तसम्बन्धों में कोई मौलिक बदलाव आया है।

अधिकांश परम्परागत वंशावलियों में दो प्रकार की सूचना रहती है। वंशावली की आत्मा उत्तराधिकार सूची या वंश समूह की सूची में होती है, जिसे 'सनातन परम्परा' माना जाता है। किन्तु इसमें भी आवश्यकतावश बदलाव हो सकता है। इसके मध्य में वर्णन परम्परा प्राप्त होती है, जिसमें भाट-चारणों द्वारा जोड़ी हुई घटना होती है, जो समाज संकेत में बदलाव या आवश्यकता का भाष्य प्रस्तुत करती है। इस सनातन परम्परा में क्षेपकों का अनुपात कम होता है। किन्तु दृष्टिकोण का बदलाव अटल होता है। वंशावलियों का साहित्य में समावेश करना और मौखिक परम्परा से लिखित परम्परा में बदलाव करना असल में परम्परा को स्थिर और सुरक्षित रखने का प्रयास मात्र है। वंशावलियों का एकत्रीकरण विविध साहित्यिक परम्परा के एकत्रीकरण का संकेत है।[4]

वंशावलियों के अभिलेखों के इन आयामों का ध्यान रखते हुए मध्ययुगीन गोंड परम्परा से उपयुक्त सूचना मिल सकती है। चाँदा की वंशावली का प्राचीनतम प्रयास अठारहवीं सदी के मध्य में हुआ। वंश की दृष्टि से आत्राम तथा मड़ावी इन दो क़बीलों के वंश का उल्लेख मिलता है। प्रादेशिक दृष्टि से मौजा मोवाड़, परगना जुनगाँव, बल्लालपुर, चाँदा का उल्लेख है। चाँदा की सूचियाँ मूलतः स्थानीय काजी तथा मराठा प्रशासन के मुकादम ने लिखी है। स्वभावतः इन सूचियों का राज मान्यता की ओर झुकाव है। अंग्रेज़ी राज्यकाल की सूचियाँ इन्हीं के अनुकरण पर लिखी गई हैं। इसमें भी स्थानिक प्रभाव परिलक्षित होता है। इन सूचियों में राजनीतिक सत्ताधारियों के नाम सावधानीपूर्वक सुरक्षित रखे गए हैं किन्तु सामाजिक दर्जे के लोगों का उल्लेख भी नहीं है। यह बात महत्त्वपूर्ण है। इसी के साथ मुगल सम्राट औरंगजेब के सामन्त बने तीन राजाओं का इन सूचियों में नाम नहीं है। यह भी महत्त्वपूर्ण संकेत है।

वंशावलियों का, विशेषतः विनायकराव द्वारा संग्रहित वंशावली का सघन विश्लेषण करने पर हमें आवश्यक आधार सामग्री प्राप्त होती है। वंशावली नौवीं सदी से अर्थात् यादव पूर्व काल से प्रारम्भ होती है। यह यादवों से स्वयं को श्रेष्ठ बताने का प्रयास है।[5] इसी तरह वंशावली के तीन भाग किए जा सकते हैं, जिसे मोवाड़ काल, बल्लालपुर काल तथा चाँदा काल कहा जा सकता है। ये काल राजधानी परिवर्तन के ही काल नहीं, अपितु महत्त्वपूर्ण राजनीतिक, सामाजिक, आर्थिक परिवर्तन के काल भी हैं। गोंड राज्य की समाप्ति पर पदच्युत राजा नीलकंठ शाह को वापस बल्लालपुर भेजा गया तथा इस पराजित राजा ने अपने पुत्र का नाम अपने पिता के नाम का अनुसरण करते हुए

रामशाह रखा। यह पराजित मन के पुनरुज्जीवन की प्रवृत्ति का संकेत है। मोवाड़ काल में चाँदा राज्य का दक्खनी सल्तनतों से सम्बन्ध या बल्लालपुर काल में मुगलों से सम्पर्क बना। चाँदा काल मराठों के आक्रमण का काल था। मोवाड़ काल के पूर्व काल में विशिष्ट स्थल निर्देश नहीं है यह सम्भवतः कबायली काल हो सकता है। किन्तु इस वंशावली का दूसरा और तीसरा भाग दुर्ग निर्माण, मन्दिर निर्माण तथा तालाब निर्मिति के संकेतों से भरा पड़ा है। यह संकेत गोंड राजाओं के तीन प्रमुख चिन्ताएँ, सुरक्षा, धर्म और कृषि का प्रमाण है।

वंशावलियों का कालक्रम तथा ऐतिहासिक अधिकृतता के विषय में समकालीन प्रमाण ही निर्णयात्मक साक्ष्य प्रस्तुत कर सकते हैं, किन्तु राजमुकुट धारी राजा और सत्तारूढ़ व्यक्ति का भेद बाह्य आधारों से ज्ञात होना कठिन है। वैसे इन राजाओं के तथाकथित राज्यकाल को उम्र माना जाए तो 380 वर्ष घटाकर विनायकराव द्वारा दिया गया राज्यकाल 680 वर्ष प्राप्त किया जा सकता है, किन्तु इस पद्धति से प्राप्त कालक्रम अन्य प्रमाणों के अभाव में पूर्णतः कामचलाऊ ही माना जा सकता है। सामान्यतः वंशावलि जन्मनावंश का अनुसरण करती है, किन्तु पत्नी, माता, गोद लिया पुत्र, गोत्रज समाज सम्बन्धों का प्रमाण है। इससे पति, दतक पुत्र, पिता-माता और गोत्रज रिश्तेदार भी ज्ञात हो सकते हैं। इससे उत्तराधिकार हमेशा पुत्र को मिलने की कल्पना निराधार सिद्ध होती है। एक ही साथ दो पुत्रों का माता के साथ उल्लेख, पति का तथा एक पुत्र की अकाल मृत्यु से ज्ञात होता है और इस पुत्र के ज्येष्ठ होने की सम्भावना को नकारा नहीं जा सकता। पति और पुत्र की अकाल मृत्यु से पत्नी, माता का ईश्वर सन्मुख होना मानसिक दृष्टि से सम्भावनीय है, जो सतरहवीं सदी में हिराई और अठारहवीं सदी में गंगाबाई, अहिल्याबाई के बारे में सत्य सिद्ध हुआ है। इन वंशावलियों का एकरेखिय उत्तराधिकार राजनीतिक स्थिरता सूचित करता है। वैसे दो पुत्र या माता का उत्तराधिकार राजनीतिक अस्थिरता का संकेत है।

खांडक्या बल्लाशाह का जुनान में तालाब बनाना कृषि के प्रोत्साहन का ही नहीं अपितु मुगलों की कृषि प्रधान अर्थव्यवस्था का भी संकेत है। इसके साथ ही फल संग्रहण अर्थव्यवस्था भी रही होगी। वंशावलियों में तालाब तथा दुर्ग का उल्लेख कृषि के साथ सत्वाधिकार की दंडशक्ति का संकेत है, जबकि "राज करने का उल्लेख इसके पूर्व का है।" अर्थात् जो राजा दुर्ग बनने के पूर्व "प्रथम दृशा

सर्वे" था वह अब दंडशक्ति धारी भी हो गया, यह तथ्य कबीलाई स्थिति से राज्य के निर्माण का संकेत है।

हीरशाह की पत्नी हिराई, उसके दो पुत्र और नाती कर्णशाह का धर्म की तरफ झुकाव सांस्कृतिकीकरण के पड़ाव के रूप में देखा जा सकता है। इस काल के सभी देवता शैव-वैष्णव धर्म के हैं और इससे पता चलता है कि वंशावली में राम-कृष्ण के नाम की पुनरावृत्ति भी इस संकेत को दुहराती है। यह मुगल राज्य के सम्पर्क के प्रति प्रतिक्रिया भी हो सकती है।

इस चर्चा में हमने वंशावलियों से तीन तरह की सूचनाएँ प्राप्त करने का प्रयास किया है। सर्वप्रथम वंश की भौगोलिक जानकारी मिलती है। इसमें यह वंश दक्षिण से उत्तर की ओर बढ़ती दिखाई देता है। इतना ही नहीं, वह तेलुगु ब्राह्मण तथा कोमटी साहूकारों को आश्रय देता दिखाई देता है। इससे गोंड वंश के तेलुगु मूल का संकेत मिलता है। लेकिन इसके साथ के पुरातत्व के प्रमाण का समन्वय करना उपयोगी हो सकता है।[6]

वंशावली से मिलनेवाली दूसरी सूचना समाज रचना के विषय में है। पति-पत्नी, माता-पुत्र, दत्तकपुत्र और गोत्रजों के उल्लेख से इन सामाजिक संस्थाओं के अस्तित्व की पुष्टि होती है। इस वंशावली में दो बार महिला राजत्व का उल्लेख प्रबल स्त्रीवंश की परम्परा का सूचक है, किन्तु प्रत्यक्षतः यह परम्परा सापेक्षतः दुर्बल दिखाई देती है।

तीसरी सूचना आर्थिक और राजनीतिक दर्जे की हैं। शाह की उपाधि राजत्व और राजतन्त्र की सूचक है। उसके साथ दुर्ग, तालाब और मन्दिर बनाने का उल्लेख और उत्तर काल में उसका अभाव आर्थिक दर्जे का उतार-चढ़ाव सूचित करता है। किन्तु यह मुगलों की खंडणी और मराठों के चौथ सरदेशमुखी से होने के कारण उससे प्रत्यक्ष कृषि की आय का संकेत नहीं मिलता। यह सम्भव है कि परकीय आक्रमण की स्थिति में कृषि कर बढ़ने की सम्भावना है, किन्तु इन आक्रमणों का उल्लेख राजवंश की प्रतिष्ठा के कारण टाला गया है किन्तु रामशाह की गोदनशीनी के समर्थन में पठानों के उपद्रव का उल्लेख अवश्य है। ये वंशावलियाँ गोंड राजवंश की समाप्ति के पश्चात ही संकलित की गईं, इसी कारण उसे किसी ऊँचे राजघराने से जोड़ने का प्रयास नहीं किया गया।

वंशावली

जबानी गोंड राजे[7]		मूल पुरुष
अकबाजी व लेहबाजी		किला चाँदा बनाया
बल्लालशाह		
कृष्णशाह		(नाम उपलब्ध नहीं)
रामशाह हीरशाह	रामशाह	
दिनकरशाह	(औलाद नहीं)	
रामशाय (दत्तक)		
नीलकंठशाह		

जुबानी काजी[8]

1. रावबा, 2. पावबा, 3. लहोबा, 4. खांडक्या बलाल, 5. अकबा राजे, 6. शेरजा बलाल, 7. बुधीराम शाह, 8. कृष्णशाह, 9. हिरशाये भाई कृष्णशाह का, 10. मनकरशाय, 11. दिनकरशाय, 12. रामशाह, 13. नीलकंठ शाह।

जुबानी मुकादम बल्लालपुर[9]

1. दाहबा बल्लालशाह, 2. कृष्णशाह (किले का काम प्रारम्भ किया) 3. हिरशाह (बाले किला और शहर पना का कार्य पूर्ण किया) 4. धुंदी रामशाह

यादी : गोंड राजाओं ने राज्य किया उसमें पुरुष और वर्ष[10]

23 वर्ष - खरजा बल्लालशाह मौजे मोवाडा परगना जुनगाँव के जमींदार
31 वर्ष - हरशाह 2
55 वर्ष - अंड्या बल्लालशाह 3
38 वर्ष - तरवर शाह
30 वर्ष - केजबा राजा जुनगाँव मोवाड़ राज किया
32 वर्ष - दिनकर शाह
15 वर्ष - रामशाह, बादशाह ने पकड़कर दिल्ली ले जाकर मारा।

33 वर्ष	-	कुँवर शाह, बादशाह से भेंट होकर महिमरातब दिया, कुरोड नाव खेड किला बल्लालपुर
35 वर्ष	-	खांडक्या, जुनान में तालाब तथा दुर्ग प्रारम्भ किया, बल्लालपुर में मृत्यु, वही समाधि है।
25 वर्ष	-	हीरशाह, उसकी पत्नी हिराई ने जुनोन में दुर्ग की नींव भरकर कहीं कमर तक, कहीं छाती तक दुर्ग किया। हिरबा राजा शिकार को आया, चन्दनगाँव में बोले किला बनाया।
52 वर्ष	-	अगवा, लोकबा माता हिराई ने महाकाली और अचलेश्वर का मन्दिर बनाया।
42 वर्ष	-	कर्णशाह, चन्दन गाँव के बाले किल्ला के परकोट की नींव डाली
42 वर्ष	-	बाबजी बल्लालशाह, दुर्ग का काम किया।
22 वर्ष	-	धुंदी रामशाह, शराबी था।
32 वर्ष	-	कृष्णशाह, अपने पिता की हत्या की।
16 वर्ष	-	वीरशाह, दुर्ग पूर्ण होने पर, वास्तु शान्ति के दिन हत्या हुई। वह निःसन्तान था। पठानों का उपद्रव होने से गंगाबाई ने चन्दन खेड़ा के गोत्रजों के पुत्र रामशाह को गोद लिया।
44 वर्ष	-	रामशाह
30 वर्ष	-	नीलकंठ शाह, यहाँ से मराठों का राज हुआ। सन 1157 तक
70 वर्ष	-	उनका पुत्र रामशाह।
	-	660 वर्ष तक

राजुरकर द्वारा दी गई वंशावली[11]

शिरपुर में संस्थापना (1247-1322)

1. भीम बल्लाल सिंह (1247-1272),
2. खरजा बल्लाल सिंह (1272-1297)
3. हीर सिंह (1297-1322)

बल्लालपुर काल (1322-1497)

4. आदिया बल्लाल सिंह (1322-1347)

5. तलवार सिंह (1347-1372)
6. केसर सिंह (1372-1397)
7. दिनकर सिंह (1397-1422)
8. रामसिंह (1422-1447)
9. सुरजा बल्लाल सिंह उर्फ शेरशाह (1447-1472)
10. खांडक्या बल्लालशाह (1472-1497)

चाँदा राज्य की स्थापना (1497-1751)

11. हिरशाह (1497-1522)
12. अकबा लोकबा (हिराई : 1522-1547)
13. कोडीशाह उर्फ कर्णशाह (1547-1572)
14. बाबाजी बल्लालशाह (1572-1597)
15. धुंड्या रामशाह (1597-1622)
16. किबा उर्फ कृष्णशाह (1622-1640)
17. माना जी बल्लालशाह (1640-1667)
18. रामसिंह (1667-1684)
19. किशनसिंह (1684-1697)
20. वीरशाह (1696-1704)
21. रानी हिराई (अज्ञान रामशाह) (1704-1719)
22. रामशाह (1719-1735)
23. नीलकंठ शाह (1735-1751 पदच्युत) 1765
24. बल्लालशाह
25. रामशाह

सन्दर्भ

1. यहाँ 'वंश' शब्द का बहुत प्रयोग होने से उसकी व्याख्या अनिवार्य है। 'वंश' एक गुट का रेषीय वास्तविक या काल्पनिक उत्तराधिकार का दावा होता है। इसमें विशिष्ट गुट की सत्ता की व्यवस्था, अधिकार एवं कर्त्तव्य विशिष्ट नाम तथा खापे रहती है जो वंश का स्वरूप धारण करती है।

2. जे. गुडी, सक्सेशन टु हाई ऑफिस (कंब्रिज 1966), पृ. 1-8
3. जे. वानसिना, द ओरल ट्रेडिशन (लंदन 1965) पृ. 102, पी. निल्सन, प्रिमिटिव्ह टाईप रेकॉनिंग (लंदन 1937), पृ. 99
4. एम. नॉथ, ए हिस्ट्री ऑफ़ पेंटा, टेक्चुअल ट्रेडिशन
5. किन्तु विनायकराव ने प्रामाणिकता का परिचय देते हुए इस घराने का राज्यकाल 660 वर्ष दिया है, जो सम्भावनीय है। यादवों को नीचा दिखाने के लिए गोंड परम्परा के अनुसार यादवों को 'गोली' अर्थात् गोवंशरक्षक व्यवसाय का बताया जाता है। यह यादवों से हितसंघर्ष का संकेत माना जाता है।
6. पुराणिक लीनिएज एण्ड आर्किलॉजीकल कल्चर, पुरातन क्र. 8, 1975
7. औरंग. चन्द्र., 96 अ
8. वही, 96 ब
9. वही, 96 ब
10. वही, 96 ब 97 अ
11. राजुरकर, पृ. 112-113।

ग्रन्थ सूची

दर्याफ्ती कैफियत चन्द्रपुर (अप्रकाशित)

विनायक अनन्त औरंगाबादकर ने नागपुर राज्य के ऐतिहासिक भूगोल के विषय में दो ग्रन्थ लिखे हैं। प्रथम ग्रन्थ में नागपुर के रेसिडेंट रिचर्ड जेन्किन्स ने मार्च 1820 में चन्द्रपुर राज्य का दौरा किया। उसका विवरण 131 फोलिओ में है। इस दौरे में जेन्किन्स ने इतिहास, भूगोल, प्रशासन, मन्दिर, नदियों के घाट आदि 60 प्रश्नों के उत्तर संग्रहित किए हैं। इसी ग्रन्थ में हैमिल्टन ने ग्राम प्रशासन महसूल, स्थाई सम्पत्ति, जमींदार और कुणबी के सम्बन्ध, डकैती विषयक 19 प्रश्नों के उत्तर संग्रहित हैं। यह सामग्री एकत्रित करते हुए औरंगाबादकर को क्राफर्ड, सखाराम रघुनाथ कमाविसदार, पांडुरंग, महाजन, बालाजी पुरुषोतम वरार पांडे जैसे सैनिक अधिकारियों ने मदद की। इस ग्रन्थ के अन्त में आँधी-तूफान से हुए नुकसान के कारण सरकारी महसूल में डेढ़ हज़ार रुपए की छूट माँगने का बालपुर के इजारेदार श्रीपतराव का आवेदन-पत्र संलग्न है। इससे बालापुर की ऐतिहासिक भौगोलिक सूचना मिलती है। विनायकराव के प्रवास का वर्णन समकालीन देशी-विदेशी प्रवास वर्णनों से अधिक मूल्यवान है। क्योंकि इस प्रवास का प्रयोजन ही ऐतिहासिक सामाजिक आर्थिक सूचना प्राप्त करने का था। विनायकराव स्थानीय भाषाओं का जानकार था और जेन्किन्स का प्रतिनिधि था इस कारण उसे सूचना प्राप्ति की सुविधा भी थी। यह स्रोत मात्र लेखक के पास है, जिसका प्रथमतः प्रयोग हुआ है।

मुगल दरबार के अखबार

चाँदा राज्य के पतन में मुगलों की प्रमुख भूमिका थी। इस कारण मुगल दरबार के अखबार महत्त्वपूर्ण स्रोत हैं। सर जदुनाथ सरकार ने बादशाह औरंगजेब के

इतिहास लेखन में इस आधार का प्रयोग किया है। ग.ह.खरे., ग.त्र्य.कुलकर्णी तथा सेतु माधवराव पगड़ी ने औरंगजेब के जीवन के बहुतांश अखबार अनुवादित और प्रकाशित किए हैं। इनसे गोंड राजाओं के इतिहास पर बहुत प्रकाश पड़ता है। इसके बाद बहादुरशाह, फर्रूखसिचर, मुहम्मदशाह आदि बादशाहों के दरबार के अखबार अप्रकाशित हैं जो अठारहवीं सदी के पूर्वार्ध को आलोकित करते हैं। इस स्रोत का इस पुस्तक में पहली बार इस्तेमाल किया गया है।

शाहु दफ़्तर के अभिलेख (अप्रकाशित)

पूणे अभिलेखागार का शाहु दफ़्तर मराठा इतिहास के अध्ययन के लिए अनिवार्य हैं। मराठों ने चाँदा के गोंड राज्य के इतिहास का अन्तिम अध्याय लिखा। अतः शाहु के अभिलेख अति महत्त्वपूर्ण है। शाहु दफ़्तर के 2000 अभिलेख पढ़कर 500 अभिलेखों का लिप्यान्तर और तिथि निश्चय कर उनका उपयोग इस कृति में किया गया है। वंशावली सुनिश्चित करने में यह अभिलेख अत्यन्त उपयोगी हैं।

पेशवा दफ़्तर के अभिलेख (अप्रकाशित)

पुणे अभिलेखागार में शाहु दफ़्तर से भी अधिक पेशवा दफ़्तर के अभिलेख हैं अतः लोक-व्यवहार में इस अभिलेखागार को ही पेशवा दफ़्तर कहा जाने लगा है। इसमें से चुनिन्दा अभिलेखों के 48 खंड मुम्बई सरकार ने प्रकाशित किए हैं। इसमें कुछ अप्रकाशित अभिलेख भी चन्द्रपुर के इतिहास के लिए उपयुक्त हैं।

आइन-ए-अकबरी

मुगल काल के अध्ययन के लिए 'आइन-ए-अकबरी' एक अनिवार्य ग्रन्थ है। अकबर के मन्त्री अबुल फ़ज़्ल द्वारा लिखा यह ग्रन्थ अकबर के राज्यकाल का गजेटियर है। इसका अंग्रेज़ी अनुवाद ब्लॉकमेन ने किया है। ब्लॉकमेन ने इसमें मासिर-उल-उमरा की सूचनाएँ भी जोड़ दी हैं। इसकी समालोचना मोरलैंड की 'एग्रेरियन सिस्टम ऑफ़ मुगल इंडिया' में है। आधुनिक काल में इरफान हबीब ने एग्रेरियन सिस्टम ऑफ़ मुगल इंडिया में अत्यन्त सारगर्भित और तर्कसंगत व्याख्या प्रस्तुत की है।

फ़रिश्ता

'तारीख-ए-फ़रिश्ता' फ़ारसी भाषा में भारत का सामान्य इतिहास है, जिसमें दक्खन के इतिहास पर जोर दिया गया है। इसके लेखक मुहम्मद कासिम हिन्दू शाह उर्फ फ़रिश्ता का जन्म 1530 के आसपास हुआ था। उसने 'तकबात-ए-अकबरी' आदि पूर्वकालीन ग्रन्थ और स्वयं के अनुभव से ग्रन्थ की रचना की। फरिश्ता की मुख्य ख्याति मुख्यतः संग्रहकर्ता के रूप में है।

गुलशने अजायब

निजाम-उल-मुल्क के मुंशी रामसिंग ने गुलशने अजायब ग्रन्थ में 100 पत्रों का संग्रह किया था। उसमें से 33 पत्रों का अनुवाद हेतु माधवराव पगड़ी ने 'स्टडीज इन मराठा हिस्ट्री' खंड 2 में किया है। इसमें से दो पत्रों से निजामुल्मुल्क के चाँदा अभियान पर नया प्रकाश पड़ता है, किन्तु पर्याप्त तारीख न होने के कारण समस्या उपस्थित होती है।

अब्दुल हमीद लाहौरी कृत पादशाहनामा

अब्दुल हामीद लाहौरी ने अबुल फ़ज़्ल की शैली का पर्याप्त अनुकरण किया है। जब वह राजकीय इतिहासकार के पद पर नियुक्त हुआ तब उसकी उम्र ढल चुकी थी। उसने लेखनकार्य शाहजहाँ के राज्यकाल के बारहवें या सोलहवें वर्ष प्रारम्भ किया होगा। यह कार्य 1648 में पूर्ण किया गया और छह साल बाद 30 अगस्त 1654 को वह परलोक सिधार गया। इसके प्रथम खंड में काज्विनी के पादशाहनामा का ही अनुकरण है। द्वितीय खंड में शाहजहाँ के राज्यकाल के दूसरे दौर की घटनाओं का वर्णन है। ऐतिहासिक दृष्टिकोण से वृत्तान्त अधूरा है। परन्तु साहित्यिक दृष्टि से वह आकर्षक भी नहीं और प्रशंसनीय भी नहीं है।

आदाब-ए-आलमगीरी

यह उन पत्रों का संग्रह है जो काबिल खाँ ने औरंगजेब की ओर से लिखे थे। इन पत्रों के अध्ययन से औरंगजेब के दक्षिण की सूबेदारी के कार्यकाल पर

प्रकाश पड़ता है। इससे उसकी आकांक्षा और उमंगों का पूरा-पूरा परिचय मिलता है।

मासिर-ए-आलमगीरी

सरकारी दफ़्तरखाने में सुरक्षित राजकीय अभिलेख, खरीते, वार्तापत्र समझौते और महसूल हिसाब के अभिलेखों से मासीर-ए-आलमगिरी लिखी गई है। औरंगजेब के मृत्योपरान्त लिखे इस ग्रन्थ में अन्तिम 40 वर्षों का विवरण है।

जदुनाथ सरकार कृत हिस्ट्री ऑफ़ औरंगजेब

औरंगजेब का राज्यकाल व दक्षिण भारत में उसकी सूबेदारी के लिए इस अधिकृत ग्रन्थ को गत 100 वर्ष से इस ग्रन्थ की उपेक्षा करना सम्भव नहीं हो सका है। लेखन के सभी सम्भव साधनों को सन्तुलित रूप में प्रस्तुत किया है किन्तु उसमें स्थानिक आधारों से सुधार करना सम्भव ही नहीं अपितु अनिवार्य है। पाँच खंड के इस महाग्रन्थ का एक संक्षिप्त संस्करण भी उपलब्ध है।

अ. ज. राजुरकर कृत चन्द्रपुर चा इतिहास

चाँदा राज्य के स्थानीय इतिहासकार अ. ज. राजुरकर ने स्थानीय अभिलेख, दन्तकथा, कहानियाँ, वृद्ध लोगों के साक्षात्कार आदि के आधारों पर पिछली सदी में चाँदा के इतिहास की नींव डाली है। आपने अपने ग्रन्थ में अनेक अभिलेख भी प्रकाशित किए है, जो बहुमूल्य हैं। इस ग्रन्थ की दो आवृत्तियाँ प्रकाशित हुई हैं। प्रस्तुत कृति में द्वितीय संस्करण का उपयोग किया गया है।

ल्युसी स्मिथ की सेटलमेंट रिपोर्ट

मेजर ल्युसी स्मिथ ने 1864-69 तक चाँदा जिले के सेटलमेंट का काम किया। उसने इसके इतिहास खंड के लिए यथासम्भव सूचनाएँ एकत्रित की। स्मिथ ने चाँदा के सीताराम शास्त्री कंचन पल्लीवार आदि लोगों को प्रश्नावली भेजकर सूचनाएँ एकत्रित कीं, किन्तु समयाभाव के कारण उसकी जाँच पड़ताल किए

बिना एकत्र करके उसे छाप डाला। कनिंघम ने अपनी रिपोर्ट में इसका अनुसरण किया है।

चाँदा डिस्ट्रिक्ट गजेटियर

इसमें ऐसी बहुत-सी जानकारी मिलती है जिसका उपयोग राजुरकर ने नहीं किया है। 1909 में छपे इस गजेटियर में बेग्बी, रेवरेंड वुड, ल्युसी स्मिथ, हीरालाल, जे.टी. मार्टिन, पी. हेमिंग्वे, चेम्बरलेन और जे. डोनॉल्ड के लेख उपयोगी हैं। इनमें गोंड परम्परा को अंग्रेज अधिकारियों के दृष्टिकोण से प्रस्तुत किया गया है।

अप्रकाशित स्रोत (मराठी)

1. इंडिया ऑफ़िस लायब्रेरी लंदन, मेन्युस्क्रिप्ट क्र. 44, दर्याप्ती कैफियत चन्द्रपुर फो. 133।
2. पुणे अभिलेखागार, पुणे,
   शाहु दफ्तर, रूमाल क्र.1, पुडके 13, 16 अ रूमाल 16, पुडके 4 संशोधनासाठी निवडलेले कागद रूमाल 10 पुडके क्र.1 रूमाल 11, पुडके क्र. 3
3. चट्टे संग्रह।

अप्रकाशित स्रोत (फ़ारसी)

श्री नटनागर शोध संस्थान, सीमामऊ, मालवा

1. अखबार-ए-दरबार-ए-मुअल्ला, बहादुरशाही
2. अखबार-ए-दरबार-ए- मुअल्ला, बहादुरशाही
3. अखबार-ए-दरबार-ए-मुअल्ला, फर्रूखसियर

मूल साधन प्रकाशित मराठी

काले, या.मा. स. काशीनाथ राजेश्वर गुप्ते	नागपुरकर भोसल्याची बखर नागपुर, 1937

कुंठे, भ.गा.	बहमनी राज्याचा इतिहास (बुरहाने मासिर व फ़रिश्ता)
खरे, ग.ह. (स)	दक्षिणच्या मध्ययुगीन इतिहासाची साधने खंड 1 व 4
गद्रे, प्रभाकर (स)	नागपुरकर भोंसल्याचे चिटणीसी बयान, धुलें, 1999
गोखले शोभना	शिवपुत्र सँभाजी, पुणे
पगड़ी, सेतु माधवराव	मुगल दरबारची बातमी पत्रे
राजुरकर, अ.ज.	चन्द्रपुरचा इतिहास संशोधित, आवृत्ति 2

अन्य आधुनिक ग्रन्थ

अयूयर, नटेश	हिस्टारिकल स्कैच ऑफ़ सी. पी. एंड बरार, 1914
ओपर्ट, गुस्ताव	द ओरिजिनल इनहेबिटेंट्स ऑफ़ भारतवर्ष ऑर इंडिया, 1893
एलविन, वैरियर	फोक सॉंग्स ऑफ़ छत्तीसगढ़
कुलकर्णी, पी. पी.	काइनेज ऑफ़ भोंसलाज़ ऑफ़ नागपुर
काल्डवैल, राबर्ट	ए कम्परेटिव ग्रामर ऑफ़ द ड्रवीडियन एंड साउथ इंडियन फैमिली ऑफ़ लैंग्वेजेस, 1961
कर्वे, इरावती	किनशिप आर्गनाइजेशन इन इंडिया, 1953
ग्राण्ट, चार्ल्स	सी. पी. गजेटियर, 1871
ग्रियर्सन	द मारिया गोंड्स ऑफ़ बस्तर, 1904
गार्डन, स्टीवर्ट	द मराठाज़
गुडी, जे.	सक्शेसन टु हाई ऑफ़िस, 1966
गुहा, बी. एस.	रैशियल एलीमेंट्स इन इंडिन पापुलेशन, 1944
गोखले, कमल,	शिवपुत्र सम्भाजी
चैटरटन	स्टोरी ऑफ़ गोंडवाना, 1916
निल्सन, पी.	प्रिमटिव्ह टाइप रेकनिंग, 1937

नाथ, एम. — ए हिस्ट्री ऑफ़ पेंटा, टेक्सचुअल ट्रेडिशन

पुरन्दरे — राजा शिव छत्रपति

पगड़ी, सेतु माधवराव — स्टडीज़ इन मराठा हिस्ट्री

फुश, स्टीफेन — द गोंड्स एंड भूमियाज़ ऑफ़ ईस्टर्न मंडला, 1968

भागवत, दुर्गा — लोकसाहित्याची रूपरेखा

मजूमदार, डी. एन. — रेसेज़ एंड कल्चर्स ऑफ़ इंडिया, 1958

महाजन, द. ब. (सम्पा.) — सिन्दखेडकर जाधव धराण्याची बखर

रसेल और हीरालाल — ट्राइब्स एंड कास्ट्स ऑफ़ सेन्ट्रल प्राविंस एंड बरार, 1916

रिजले, एच. एच. — दी पीपुल ऑफ़ इंडिया, 1915

लाल, के. एस. — खलजी वंश का इतिहास, 1993

वानसिना, जे. — द ओरल ट्रेडिशन, 1995

विल्स, सी. यू. — द राजगोंड महाराजाज़ ऑफ़ सतपुड़ा हिल्स, 1923

सील, जे. एन. — हिस्ट्री ऑफ़ सी. पी. एंड बरार, 1917

सेन, सुरेन्द्रनाथ — मराठा एडमिनिस्ट्रेशन,

शुक्ल, प्रयागदत्त — मध्य प्रदेश का इतिहास, 1930

हटन, जे. एच. — सेंसस ऑफ़ इंडिया, 1931

हेमेनडार्फ — द राजगोंड्स ऑफ़ आदिलाबाद, 1948

हिस्लाप — द पेपर्स रिलेटिंग टु द एबॉरिजनल ट्राइब्स ऑफ़ द सेंट्रल प्राविंसेस

\- — भंडारा डिस्ट्रिक्ट गजेटियर

\- — इम्पीरियल गजेटियर ऑफ़ इंडिया।

परिशिष्ट : एक

चैत्र पूर्णिमा की यात्रा (मेले) के गीत[1]

1

मला वरदेहून दिसे, गड चाँद्याची चाँदणी
गोंड राजाची बाँधणी।
मला वरदेहून दिसे, गड चाँदियाचा आम्बा
राहुळात माझी रम्भा
मला वरदेहून दिसे, गड चाँदियाचा निंव
राहुळाला सोळा खाँव
मला वरदेहून दिसे, गड चाँदियाची चिंच
सववा हात गादी उँच।
मला वरदेहून दिसे, गड चाँद्याचा कळस
शिखरी सोन्याचा कळस
मला वरदेहून दिसे, गड चाँदियाची बोरी
भुयारात रम्भा गोरी
मला वरदेहून दिसे, गड चाँदियाचा फत्तर
खाम्बा खाम्बाला सुतार।

हिन्दी अनुवाद : मुझे वर्धा नदी से चाँदा का चमकीला किला दिख रहा है जिसे गोंड राजा ने बनवाया है। मुझे वर्धा नदी से चाँदा की अमराई दिखती है। वहाँ के मन्दिर में मेरा देवता विराजता है। मुझे वर्धा नदी से चाँदा के किले के नीम के पेड़ों का झुरमुट दिखता है। उस मन्दिर में सोलह खम्भे हैं। मुझे वर्धा नदी से चाँदा के किले के इमली के पेड़ दिख रहे हैं। मन्दिर में भगवान की सवा हाथ ऊँची गद्दी है। मुझे वर्धा नदी से चाँदा के किले का माथा दिख रहा है जिसके

शिखर पर सोने का कलश है। मुझे वर्धा नदी से चाँदा के किले की बेरी की झड़ी दिख रही है। किले की गुफा में मेरी देवी सुन्दरी है। मुझे वर्धा नदी से किले की चट्टानें दिख रही हैं। मन्दिर के हर खम्भे में कारीगरी है।

2

माय माझी महाकाली तू सत्वाची ग धार।3।।
सार्‍या घाटाची मालकीण दया करी आम्हावर।। ध्रु.।।
आई माझी महाकाली मूळ शक्तीचा अवतार।3।।
दैत मारून केले ठार हाती शोभते शिरम।।3।।
हाती नंगी तरवार दैत्य शिरांचा बाँधला पार।3।।
माय बसे पारावार चाल केली पृथ्वीवर।।3।।
सववा घटकेच्या बोलीनं चालून आली चन्द्रापूर।3।।
मायनम् दिलम् कडासन जागा शीतल भुयार।।3।।
सूर्या पाठीसमोर हाती शोभे त्रिशूळ।3।।
गळा झळके चन्द्रहार मूखी सूर्याचम् तेजाळ।।3।।
देवीचा पडला प्रकाश तिचा नवखंडी धाक।3।।
कापे चळचळा दैन्तम् दुश्ट आसूर आणिक।।3।।
माय माझी महाकाली तू सत्वाची ग धार।3।।
सार्‍या घाटाची मालकीण दया करी आम्हावर।। 1।।
झाली गोंड राजाला प्रसन्न सत्य युगाची खुण।।3।।
देवी माझ्या महाकालीनम् दाखविलम् त्याला धन।।3।
मायेच्या राहुळाची पुढम् केली बाँधवळ।। 3।।
बारा दरवाजाचम् वाड पाँचा कळसाचम् राहुळ।।। 3।।
दारी पेटे दीपमाळा माता अग्नीचा लोळ।। 3।।
देवी माझ्या महाकालीचा खबरदार हाय खेळ।।। 3।।
गोंड राजाला प्रसन्न ध्वज मोत्याचा लावून।। 3।।
चन्द्रापुरी दिघलम् ठाणम् मायेचम् भुयारी राहणम्।।।
अवध्या चांदियाला वेढा बयाचा किल्ला कोस वारा।3।।
गोंड राजानम् बाँधला जवळी महाकालीचा डेरा।। 3।।
शय माझी महाकाली तू सत्वाची ग धार। 3।।

सार्‍या घाटाची मालकीण दया करी आम्हावर।। 2।।
माता संकटाच्या वेळी साता विघ्नाची मालकीण।। 3।।
ळाती दैताचं शीर खेळणम् तिच शिलांगण।।3।।
ऐन चैत्राच्या महिन्यात तुझा चाले जयजकार।। 3।।
पायी पोलाराचा नाद गरतीचे जोडवे चार।।। 3।।
आई माझ्या महाकालीची थंड्या पाण्याची आँघोळ।। 3।
पिवळा पिताम्बर नेस मायेला शोभे पायघोळ।।3।।
कमरेला कमरपट्टा मायेचा तेलंगी हो थाट।। 3।।
बाई गोंडाच्या रानात जवळी नद झरपट।। 3।।
चन्द्रापुरी दिलम् ठाणम् भुयारामधी दिलम् ठाणम्। ।।
गोंड राजाला प्रसन्न ध्वज मोत्याचा लाऊन।। 3।।
माय माझी महाकाली तू सत्वाची ग धार।। 3।।
सार्‍या घाटाची मालकीण दया करी आम्हावर।। 3।।

हिन्दी अनुवाद : हे मेरी महाकाली माता, तू जीवन शक्ति का स्रोत है। पूरे घाट की मालकिन, हम पर दया कर। हे मेरी माता महाकाली, तू मूल शक्ति का अवतार है। तूने दैत्यों का संहार किया और तेरे हाथ में नरमुंड शोभा दे रहा है। हाथ में नंगी तलवार लिए तूने दैत्यों के सिरों का अम्बार लगा दिया है। उस ढेर पर बैठकर ही हे माँ, तू पृथ्वी पर अवतरित हुई। तू मात्र सवा घड़ी का कहकर चन्द्रपुर पधारी है। हे माता, शीतल गुफा में तूने पाषाण का आसन पाया है। तेरे पृष्ठभूमि में सूर्य है और तेरे हाथ में त्रिशूल शोभित है, तेरे गले में चन्द्रहार झलक रहा है और मुख सूर्य के समान दमक रहा है। देवी का प्रकाश फैल रहा है और चारों ओर देवी का दबदबा है। उससे दैत्य, दुष्ट और असुर थरथरा रहे हैं। हे मेरी महाकाली माता, तू जीवनशक्ति का स्रोत है। पूरे घाट की मालकिन हम पर दया कर।। 1।।

तू गोंड राजा पर प्रसन्न हुई है और यह सतयुग का चिह्न है। मेरी देवी महाकाली ने उसे धन प्रदान किया है। बाद में राजा ने मन्दिर बनवाया जिसमें बारह द्वारों का बाड़ा और पाँच गुम्बदों का देवालय निर्मित किया। दरवाजे पर दीपस्तम्भ में साक्षात माता अग्नि की ज्वाला है। सब खबरदार रहें। यही मेरी देवी महाकाली की लीला है। माता गोंड राजा पर प्रसन्न हुई है और मोतियों का ध्वज फहराया है। माता ने चन्द्रपुर में मुकाम किया है और गुफा में निवास करती है।

माता ने बारह कोस के किले से पूरे चाँदा को घेरा है। यह किला गोंड राजा ने बनाया और इस किले के पास ही महाकाली का डेरा है। हे मेरी महाकाली माता, तू जीवनशक्ति का स्रोत है। पूरे घाट की मालकिन, हम पर दया कर।।2।।

सातों विघ्नों की स्वामिनी संकट में उबारती है। अपने हाथ में दैत्य का सिर लिए वह अपने समरांगण में क्रीड़ारत है। चैत्र के इस विशेष महीने में तेरी जय जय कार हो रही है। पैरों में पोलार का नाद है और गरती के चार बिछिए हैं। मेरी माता महाकाली ने शीतल जल से स्नान किया है और पीला पीताम्बर पहनकर वह महान दिख रही है। उसके कमर में करधनी है और उसका तेलंगी रूप निखर रहा है। वह गोंडों के जगल में झरपट नदी के पास चन्द्रपुर के गुफा में निवास करती है। वह गोंड राजा पर प्रसन्न है और उसने मोतियों का घ्वज फहराया है। हे मेरी महाकाली माता, तू जीवनशक्ति का स्रोत है। पूरे घाट की मालकिन, हम पर दया कर।।3।।

2

आली आली या महाकाली तिचा कळेना अनुभऊ। 2।।
साऱ्या जगाले घालते खाऊ माय माझी काली।। 2।।
आली आली या महाकाली तिचा कळेना पार अन्त। 2।।
साऱ्या जगाले वाटे खन्त माय माझी काली।।2।।
आली आली या महाकाली पिवळा पिताम्बर नेस। 2।
फिटला आमचा नवस माय माझी काली।। 2।।
आली आली या महाकाली तिचा कळेना अनुभऊ। 2।।
साऱ्या जगाले घालते खाऊ माय माझी काळी।। 1।।
हिराईनम् बाँधला डेरा माझ्या मायचा मोठा होरा। 2।।
गोंडाले झाली प्रसन्न माय माझी काली।। 2।।
मायेचा धाक नवखंडी समदे पळाले पाखंडी।2।।
अंगात भरली पहा चंडी माय माझी काली।।2।।
आमचा फिटला नवस, उजवली तिनं कुसं। 2।।
धन्य चन्द्रापूरची वेस माय माझी काली।।2।।
आली आली या महाकाली तिचा कळेना अनुभऊ।2।।
साऱ्या जगाले घालते खाऊ माय माझी काली।।2।।

हिन्दी अनुवाद : महाकाली आई है, जिसका अन्तर्मन समझ में नहीं आता। मेरी माता काली, सारे संसार का पालन-पोषण करती है। महाकाली आई है, जिसका आदि और अन्त समझ से परे है। सारा संसार दुखी है क्योंकि मेरी माता श्याम रंग की है। आओ-आओ महाकाली, तुम्हें पीला पीताम्बर पहनना है। मेरी माता काली, मेरी मनोकामना पूरी हुई है। महाकाली आई है, जिसका अन्तर्मन समझ में नहीं आता। मेरी माता काली सारे संसार का पालन पोषण करती है।।1।।

रानी हिराई ने मन्दिर बनवाया। मेरी माता का प्रभाव बढ़ता है। मेरी माता काली, गोंडों पर प्रसन्न हुई है। माता का दबदबा चारों ओर है और सारे पाखंडी भाग गए हैं। मेरी माता काली, शरीर में चंडी का संचार हुआ है। हमारी मनोकामना पूरी हुई है और हमारी गोद भरी है। हे मेरी माता काली, चन्द्रपुर की सीमा धन्य हुई है। महाकाली आई है, जिसका अन्तर्मन समझ में नहीं आता। मेरी माता, काली सारे संसार का पालन पोषण करती है।। 2।।

संदर्भ

1. राजुरकर, पृ. 189-92

परिशिष्ट : दो

घुग्गुसच्या लढाईचा पोवाडा[1]

(कवि माधव कृत)

अपूर्व बस्ती ठिकाण नान्दे शिरपूर जयवन्त।
राज करे बागबा जागती ज्योत जागृत।। अपूर्व.।।

नगराबाहेर किल्ला बाँधला दिसतो अस्मान
किल्ल्यामधि महाल बाँधला बहू चतुराईनम्
धन्य मातेच्या उदरी जन्मले शुर तिघे जण।
वडील आगबा बन्धु राघवा क्षत्रिय दारूण।।
अंगी तरुणपण बागवा मोठे पुण्यवान।
नान्दती लोक आनन्दानम् इच्छा परिपूर्ण।।
दरवाज्याबाहेर चावडी बंगला बाँधून।
सभा करून बैसले महाराज मौजेनम्।।
झडझड नौबत बाजे ज्याच्या दरबारात।
शिपाईन् सरदार मुजरे करती तवरूत।। अपूर्व.।। 1।।
एका आडून एक वाढती रंग दुकाळ (?)
बंजऱ्यामध्ये कुंजर हत्ती मस्त ठाण्यावर।।
बसल्या जागी दाणा पुरवितो वरच्यावर।
अन्ती कामा येईल पोसितो जीवाबरोबर।
बंगाली कुत्रे होते राव त्याच्याजवळ।
सात पिढयाची घोरपड राहे नीत माडीवर।।
कारखान्याचम् गणित सख्या मी सांगू कोठवर।

राजाचे कारख़ाने बाहेर ससाणा जवळ।।
शिरपूर नगर शोभायमान बाजारी असे दुकानम्।
घरोघरी किर्तन असम् त्या बागबाजीचम् पुण्य।।
कदा कल्पान्ती तंटा न व्हय नगरान्त।
असा धाक तयाचा शत्रू कापे पोटातम्।। अपूर्व.।। 2।।
बसून कचेरीमध्ये राजाने मनसोबा केला।
समोर दसरा आला म्हणे कपडा घेऊँ चला।।
सवारीला तेजी बागबा वारूस्वार झाला।
समागमे दळभार घेऊन चन्द्रपुराशी आला।।
कपडयाची करून खरेदी पैसा चुकविला।
उशीर झाला तया दिन तो अस्तमान गेला।।
चन्द्रपुरीचा राजा भूमापति मनो बहु सन्तोशिला।।
दूत ऐकून गेले सत्वर म्हणे बागबाजी उठा लवकर।
मिळून आलम् बरोबर कन्या राजाची होती उपवर।।
होती कन्या राजाची लावण्या नाजुक सुन्दर।
अवचित निघाली बाहेर गेली नज़र बागबार।।
तिने नवस केला देवाशी कसा भेटेल बागबा मजशी।
पांदाण करी तयाशी म्हणे भोगीन याच वेळेशी।।
अंगुष्टापासून ब्राह्मांडी न्याहारला त्यास।
म्हणे यास भोगीन राजे आहे खुशवन्त।। अपूर्व.।। 3।।
मिळोन मामेभाचे भोजन केलं परिपूर्ण।
विडापान घेऊन शेजी पडले हो जाऊन।।
दोन प्रहरी अमलांत नार ती आली चालून।
धरून हात नेला बागबास महालाकारण।।
चारी प्रहर मजा उडविली पहा त्या दोघानम्।
दिनकर उदय झाला बागबा उठला जलदीनम्
घोडयावर स्वार झाला चालला गडबडीनम्
होत्या पायाँत पैजारा रणवासी आला विसरून।।
राण्या उठल्या रणवासी पैजारा पाहून दृष्टीशी
घुणघुण करिती एकमेकीशी खबर कळली राजाशी।।
पैजारा ओळखल्या राजानम् तया वेळेसी।

म्हणे दिवाणास आताम् गोष्ट झाली कैशी।।
तुम्ही करी नगरा राजा बोले दिवाणास।
आज करू लढाई जाऊन मारूँ शत्रूस।। अपूर्व.।। 4।।
तेव्हा केला नगारा सैन्य मिळालम् चौकडून।
पाहिता दिसे अन्धार जसम् कां मुंग्याचम् रवण।।
तीन लाख शेख सय्यद मोगल पठाण।
चाळीस हज़ार गोंड होता भिल्ला प्रमाण।।
साडे सतराशे तोफा होत्या आणखी संगीन।
साडेनवशे हत्ती होता पशुप्रमाण।।
राजा हौदामध्ये पुढम् पालखी पशुप्रमाण।।
राजा हीदामध्ये पुढम् पालखी निशाण।
द्या धडाक्यावर तोफा राजा बोलम् क्रोधान।।
हवा भरली वीर धावता रस्ता पूरे न।
गेले घुगसाजवळी उतरले गंगा पाहून।।
येथून लिहा पत्रिका पाठवा वैऱ्याकारण।
पत्र काय लिहलम् राजानम् चोर गेला चोरी करून।।
पत्र पाहता वेळी बागबा जाहला दुश्चित।
लागला बाण हृदयी आले रांडेचे निमित्त।। अपूर्व.।। 5।।
म्हणे आगबा बन्धु राघवा का तू कोमेजला।
मुखावरचा नूर तुझा कसा उतरिला।।
म्हणे बागबा राजा काय साँगू मी तुम्हाला।
करू नए म्या केलम् राजा आला लढाईला।।
चन्द्रपुरी चा राजा भुमापति चालून धुगशी आला।
मजला द्यावी आज्ञा जातो मी लढाईला।।
आहे शेजेची स्त्री अन्तर नका देउ तिजला।
आगबा राघबा म्हणे धिक्कार आहे जिण्याला।।
पत्रिका लिहिल्या बागबानं फौज आली चौकडून।
पस्तीस हज़ार होती फौज नौबत वाजे झणझण।।
तिथे बन्धु स्वार होऊन। अहो राम।।
जरीपटका पुढे निशाण। अहो राम।।
चालून गेला क्रोधानम्। अहो राम।।

डेरे घुगसी लावून। अहो राम।।
नगारे नौबत वाजती गर्जना बहुत।
विरांशी वीर पाहता नेत्रम् झाले आरक्त।। अपूर्व।। 6।।
म्हणे बागबा करा लढाई तोफा चौफेर।
झाला वर्षाव गोळयाँचा वीर पडे धरणीवर।।
महा महा वीरांचे वरच्यावर उडती शीरं।
अशी रणचक्र झडली घरणी कापे थरथर।।
फत्ते केली तरवार बागबा मोठे रणशूर।
चन्द्रपूरचा राजा पळाला दो कोसावर।।
देवी प्रसन्न ज्याला भुमापति झाला सामोर।
कसा आहे बागवा पाहून त्याचा वडिवार।।
झाली एकच गर्दी चहुकडे पडाल अन्धार।
जैशी बाहे गंगा चालला रक्ताचा पूर।।
धडाधडी तो पंच बाण सुटत चौफेर।
येत विरत घोडयाला वीर पडे धरणीवर।।
तवा ती अवचित आली गोळी भेदली उरी।
राघबा पडला रणात घायाळ श्रीहरी।।
धाकटा बन्धु राघबा रे दादा पडला रणात।
घुगसावरी स्थापना ज्याची तो झाला मुक्त।। अपूर्व।। 7।।
लोटिता लोटिता गेले तरीडघाच्या मैदानी।
एकमेकांचे हात धरून मारे हो निर्वाणी।।
जैसा कुणबी खुडतो कणसे आपल्या शेती।
शिरे काय पडती रणी उडती आकाशी।।
धडे नाचती हो थयथय मगत्या मैदानी।
रणात घायाळ घुमतो लश्कर करे पाणी पाणी।।
आगबा पडला रणात स्थापना दिसे तरोडयात।
बागबा पळाला झडकरी। अहो राम।
पळून गेला शिरपूरी। अहो राम।।
कुटुम्बासवे गेला भुयारी। अहो राम।।
वर चीरा दिला लावून। अहो राम।।
चुन्यानम् त्यास चुनून। अहो राम।

भागकर शिरपुर चला जाता है। हे राम! वह अपने परिवार के साथ गुफा में चला गया। हे राम! गुफा के सामने उसने पत्थर लगा दिया। हे राम! उस पत्थर को चूने से चुन दिया। उस पर तोंड्यासुर राक्षस स्थापित कर दिया। श्रीमन्त महाराज समाप्त हो गए। वह शहर अद्भुत है, जहाँ शिरपुर जयवन्त रहता है। जहाँ बागबा राज करता है और जहाँ अखंड ज्योति जलती है।।8।।

फौज में खबर पहुँची कि राजा भाग गया है। इससे भूमापति बहुत क्रोधित होता है और उसकी आँखें लाल होती हैं। चोरों को पकड़ो, मारो चिल्लाते हुए सेना चारों ओर भागी और उसने नगर को घेर लिया है और किले पर हमला कर दिया। वे गुफा में गए और उस पर कूड़ा करकट डाला और उसमें आग लगा दी। गुफा के भीतर के सारे लोग जल मरे। धनोजे जाति के माधव कवि ने इसे लिखा और गुरव सखाराम कहता है कि मैंने उसमें सुधार किया।।9।।

सन्दर्भ

1. राजुरकर, पृ. 213-218

❑❑❑

तोंडयासूर राक्षस बसविला अजब मजबूत।
श्रीमंत महाराज संपले ते झाले मुक्त।। अपूर्व.।। 8।।
राजा पळाला म्हणून बातमी कळली फौजेत।
भुमापति अति क्रोधला नेत्र झाले अरक्त।।
धरा मारा चोराला सैन्य धावलम् लगबगीत।
सर्व नगर बेष्टील हल्ला केला किल्ल्यावरतम्।।
गेले भुशारामधी कडबा कुटार रचिला वरतम्।
बत्ती लावता सर्व जळाले आतच्या आत।।
जातीचे धनोजे कवि माधवजी होय जोडीवन्त।
गुरव सखाराम म्हणे पोवाडा केल्या म्या दुरुस्त।। 9।।

हिन्दी अनुवाद : सदा जयी शिरपुर शहर अपूर्व लोगों की बस्ती है। जहाँ बागबा राज करता है और जहाँ देवी की अखंड ज्योति जलती है। वहाँ नगर के बाहर बनवाया गया किला मानो आसमान को छू रहा है। किले के भीतर बड़ी चतुराई से बनवाया गया एक महल है। उस माता की कोख धन्य है जिसके तीन वीर जन्मे। ज्येष्ठ आगबा भाई है और छोटा राघबा भी वीर क्षत्रिय है। तरुणाई से भरपूर बागबा बहुत भाग्यशाली है। सभी लोगों की इच्छा पूरी होने से वे सभी आनन्द से रहते हैं। महाद्वार के बाहर दरबार लगाकर सभा करने के लिए बँगला बनवाया गया है। दरबार लगाकर महाराजा प्रसन्नचित्त बैठे हैं। उनके दरबार में ढम-ढम नौबत बजती है और सिपाही तथा सरदार मुजरा करते हैं। वह शहर अद्भुत है, जहाँ शिरपुर जयवन्त रहता है। जहाँ बागबा राज करता है और जहाँ अखंड ज्योति जलती है।।।1।।

दिनोंदिन राजा का वैभव बढ़ रहा है। बंजर भूमि पर हाथियों के अड्डे पर मस्त हाथी तैनात हैं। वह सभी को बैठे बिठाए खाना देता है और उनकी कृपा सब पर है। ऐसे लोगों का वह पोषण करते हैं जो अन्त समय काम आए। उनके पास बंगाली कुत्ते थे और उनकी गोद में सात पीढ़ियों से चली आ रही घोरपड़ है। उनके कितने ही कारख़ाने हैं। राजा के कारख़ाने किले के बाहर सासाणा के पास हैं। दूकानों से भरे बाजारों से शिरपूर नगर की बड़ी शोभा है। बागबाजी का ऐसा पुण्य है कि घर-घर में कीर्तन होता है। शहर में कभी भी झगड़ा नहीं होता। उसका इतना दबदबा था कि दुश्मन उससे काँपता था। वह शहर अद्भुत है, जहाँ शिरपुर जयवन्त रहता है। जहाँ बागबा राज करता है और जहाँ अखंड ज्योति जलती हैं।।2।।

राजा ने कचहरी में बैठकर सलाह-मशविरा किया है कि दशहरा आनेवाला है इसलिए कपड़े खरीदने चला जाए। बागबा घोड़े पर सवार होकर अपना दल लेकर चन्द्रपुर आया। कपड़े खरीदकर उसने पैसा चुकाया। इस काम में देर हुई और सूर्य अस्त हो गया। चन्द्रपुर का राजा भूमापति मन ही मन प्रसन्न हुआ और उसने बागबा को भोजन के लिए आमन्त्रित किया। उसके दूतों ने बागबा से जल्दी चलने का निवेदन किया। राजा की कन्या बहुत सुन्दर थी। वह एकाएक बाहर निकली और उसकी नज़र बागबा पर पड़ी। उसने ईश्वर से मन्नत माँगी कि किसी प्रकार बागबा से मेरा मिलन हो जाए और उससे विवाह करके मैं उसके साथ सहवास करूँ। उसने अँगूठे से लेकर सिर तक उसके शरीर को निहारा और कहा कि ऐसे आकर्षक राजा के साथ ही वह सहवास करेगी। वह शहर अद्भुत है, जहाँ शिरपुर जयवन्त रहता है। जहाँ बागबा राज करता है और जहाँ अखंड ज्योति जलती है।।3।।

मामा भांजे ने मिलकर भोजन का आनन्द लिया और पान खाकर बिस्तर पर आराम करने लगे। दूसरे पहर वह कन्या वहाँ आई और बागबा को पकड़कर महल के भीतर ले गई। दोनों ने चार पहर तक आनन्द उठाया। सूर्योदय हुआ और बागबा उठा। वह जल्दी से घोड़े पर सवार होकर चला लेकिन हड़बड़ी में वह अपने पैरों की जूती रनिवास में ही भूल गया। जब रानियाँ सोकर उठीं तो उनकी नज़र जूतियों पर पड़ी। धीरे-धीरे यह खबर राजा तक पहुँची। राजा ने जूती को तत्काल पहचान लिया और दीवान से कहा कि यह सब हुआ कैसे। उसने दीवान से कहा कि तुम डंका बजवाओ। आज लड़ाई करो और दुश्मन को मारो। वह शहर अद्भुत है, जहाँ शिरपुर जयवन्त रहता है। जहाँ बागबा राज करता है और जहाँ अखंड ज्योति जलती है।।4।।

डंका बज उठा और सेना चारों ओर से आकर मिलती है। चीटियों के झुंड के समान सेना आने से सब तरफ अँधेरा छा गया। शेख, सैयद, मुगल, पठान मिलाकर 3 लाख की सेना है। जबकि गोंडों की संख्या चालीस हज़ार है।। 1750 तोपें हैं और साढ़े नौ सौ हाथी हैं। राजा हौदे पर बैठा है और उसके आगे पालकी और निशान चल रहा है। राजा गुस्से से बोला कि तोपें चलाई जाएँ। सैनिकों में वीरता का संचार हुआ और वे दौड़ पड़े। सेना को आगे बढ़ने का रास्ता अपर्याप्त है। वे घुग्गुस गाँव के पास गए और वहाँ वर्धा नदी पर उतरना पड़ा। राजा ने कहा कि यहाँ से राजा को भेजो और बताओ कि शत्रुता का कारण यह है। राजा ने लिखा कि चोर चोरी करके गया है। यह पत्र देखते ही बागबा चिन्तित हुआ

और उसके हृदय में यह आघात लगा कि एक स्त्री इसका कारण
शहर अद्भुत है, जहाँ शिरपुर जयवन्त रहता है। जहाँ बागबा राज
जहाँ अखंड ज्योति जलती है।।5।।

बागबा ने अपने भाई राघबा से पूछा कि तू क्यों उदास हो
उज्ज्वल चेहरा क्यों कुम्हला रहा है। राघबा ने कहा कि बागबा राज
बताऊँ कि मुझे जो न करना था वह मैंने कर दिया, जिसके कार
के लिए आ गया है। चन्द्रपुर का राजा भूमापति घुग्गुस पर चढ़
अब मैं उससे लड़ने के लिए जाता हूँ। वह मेरी रमणी है और
समझो। आगबा और राघबा दोनों ने कहा कि इस जीवन को धिक्
ने पत्र लिखे और चारों ओर से सेना आ गई। सेना में 35 हज़ार
और चारों ओर से नगाड़े बज रहे हैं। तीनों बन्धु घोड़े पर सवार हो
जरी पटका निशान रखकर गुस्से से घुग्गुस में डेरा डाल दिया। नग
बज रहे थे और बहुत गर्जना हुई। दोनों पक्षों के योद्धा एक-दूसरे
से देख रहे थे। वह शहर अद्भुत है, जहाँ शिरपुर जयवन्त रहता है
राज करता है और जहाँ अखंड ज्योति जलती है।।6।।

बागबा ने कहा कि युद्ध शुरू कर दो और चारों ओर तोपें
की बरसात होने लगी और योद्धा भूमि पर गिरने लगे। बड़े-बड़े वी
और ऐसा युद्ध हुआ कि धरती काँपने लगी। बहादुर बागबा की
पर जीत हुई और चन्द्रपुर का राजा दो कोस दूर भाग गया। भूमाप
और उसने देखना चाहा कि बागबा कैसा है। चारों ओर भीड़ एव
अँधेरा घना हो गया। गंगा की धार के समान रक्त की धार ब
ओर तीर छूटे और घोड़ों की ओर आए। वीर योद्धा धरती पर गिरे
एक गोली राघबा के हृदय में लगी और वह रणक्षेत्र में घायल ह
उसका छोटा भाई राघबा चिल्लाया, दादा भूमि में गिर गया है। घुग
में जो वीरगति पाए वह मोक्ष पाता है। वह शहर अद्भुत है, जहाँ
रहता है। जहाँ बागबा राज करता है और जहाँ अखंड ज्योति ज

योद्धा लड़ते-लड़ते तरोड़ा के मैदान में पहुँचे। हाथों हाथ ल
जैसे किसान अपने खेत में फसल काटता है वैसे सिर कटकर ज
हैं और आकाश में उड़ रहे हैं। धड़ नाच रहे थे और युद्ध म
पानी-पानी चिल्ला रहे थे। तब भूमापति ने धड़ाधड़ गोली चलाई
रणक्षेत्र में गिर गया। वह भी तरोड़ा में मोक्ष पाता है। बागब

बल्लालपूरच्या किल्ल्याचे स्थापत्य

बल्लालपूरच्या किल्ल्याची तटबंदी

पठाणपुरा दरवाजा, चंद्रपुर

बीनबा दरवाजा, चंद्रपुर

अचलेश्वर प्रवेशद्वार, चंद्रपुर

जटपुरा दरवाजा, चंद्रपुर

दशमुखी दुर्गा, चंद्रपुर

राजा निलकंठशहाची समाधि, बल्लालपुर

राजा खांडक्या बल्लालशहाची समाधि, बल्लालपुर

माणिकगढ़ किल्ल्याचे प्रवेशद्वार, चंद्रपुर

मुरलीधराचे मंदिर कोतवालवाडी, चंद्रपुर

बीरशहाची समाधि, हडवाडा, चंद्रपुर

महाकाली मंदिर, चंद्रपुर

गोंड राजचिह्न

अचलेश्वर मंदिर, चंद्रपुर

राणी हिराईची समाधि, हडवाडा, चंद्रपुर

राजा रामशहाची समाधि, हडवाडा, चंद्रपुर

विठोबा खिडकी, चंद्रपुर